UN TORNADO EN SU CORAZÓN

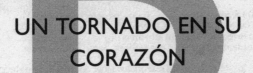

Karen van der Zee

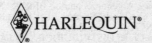

HARLEQUIN®

Editado por **HARLEQUIN IBÉRICA, S.A.**
Hermosilla, 21
28001 Madrid

I.S.B.N.: 84-671-1041-4
Depósito legal: B-33010-2003
Editor responsable: M. T. Villar
Diseño cubierta: María J. Velasco Juez
Composición: M.T., S.L.
Avda. Filipinas, 48. 28003 Madrid
Fotomecánica: PREIMPRESIÓN 2000
c/. Matilde Hernández, 34. 28019 Madrid
Impresión y encuadernación: LITOGRAFÍA ROSÉS, S.A.
c/. Energía, 11. 08850 Gavá (Barcelona)
Fecha impresion para Argentina:22.4.04
Distribuidor exclusivo para España: LOGISTA
Distribuidor para México: CODIPLYRSA
Distribuidores para Argentina: interior, BERTRAN, S.A.C. Vélez
Sársfield, 1950. Cap. Fed./ Buenos Aires y Gran Buenos Aires,
VACCARO SÁNCHEZ y Cía, S.A.
Distribuidor para Chile: DISTRIBUIDORA ALFA, S.A.

Capítulo 1

ABÍA un hombre al borde de la piscina; un hombre completamente desnudo bajo la luz de la luna, en todo su masculino esplendor.

–Debo estar volviéndome loca –murmuró Samantha para sí misma–. Sufro alucinaciones.

Pero no, eso no podía ser. Estaba exhausta. Se había quedado sin gasolina y llevaba dos kilómetros cargando con una mochila llena de libros. Además, solo dormía cinco horas al día; esa debía ser la razón por la que estaba alucinando. Samantha cerró los ojos un momento y después volvió a abrirlos. No había ningún hombre desnudo en la piscina.

Afortunadamente, pensó, porque lo único que deseaba era darse una ducha y dormir un rato.

Entró en la casa, soltó la mochila y prácticamente se tiró en la cama mientras tomaba el teléfono para llamar a Gina.

–Me estoy volviendo loca –le dijo a su amiga–. Estoy perdiendo la cabeza por completo.

–¿El profesor calvo ha vuelto a meterte mano?

–No es eso –suspiró Samantha–. Creo que veo cosas raras. ¿Eso es lo que pasa cuando estudias derecho mercantil con solo cinco horas de sueño al día?

–¿Cómo que ves cosas raras?

Sam soltó una carcajada.

—No te lo vas a creer. Me quedé sin gasolina a dos kilómetros de casa...

—Te creo —la interrumpió su amiga—. Eso ha sido una advertencia, una metáfora. Si no te relajas un poco te quedarás sin combustible. A ver, dime qué cosas crees ver.

—Un hombre desnudo al borde de la piscina.

—¿Un hombre?

—Sí —contestó Sam—. Completamente desnudo bajo la luz de la luna. Parecía una estatua griega o el David de Miguel Ángel. Era divino. Hablando artísticamente, claro.

—Claro —rio Gina.

—Parecía estar como en su casa, al lado de la piscina, bajo los árboles, con la luna sobre su cabeza. Como una estatua —insistió Sam. Entonces recordó algo—. Ah, claro, ahora lo entiendo. Alguien me enseñó ayer fotografías de sus vacaciones en Italia, con las fuentes y las estatuas... Eso debe de ser, un truco de la luz.

—Pffff. Qué alivio. Empezaba a pensar que estabas volviéndote loca por lo que te dije ayer.

Samantha arrugó el ceño.

—Se me había olvidado.

Gina pensaba que ya era hora de que buscase pareja, que llevaba mucho tiempo sola y merecía vivir un gran amor. Lo decía con buena intención, pero Sam no estaba de humor para romances. Tenía demasiadas cosas que hacer. Trabajaba hasta las cinco y después iba a la facultad para conseguir su título universitario. Estaba decidida a terminar la carrera en el mes de mayo, cuando cumpliese los treinta.

–Lo que necesito ahora no es un hombre, sino una ducha y ocho horas de sueño. Como mañana no tengo que estudiar, me levantaré a las siete.

–¡Las siete de la mañana, qué emoción! ¿Y qué pasa con tu coche?

–Ay, es verdad –suspiró Sam, pasándose una mano por el pelo. Fuerte y rizado, la única forma de controlarlo era hacerse un moño o una coleta. Quizá debería cortárselo, pensó. Así estaría más cómoda. Pero entonces tendría que ir a la peluquería cada tres por cuatro y ella no tenía ni tiempo ni dinero para eso.

Samantha dejó escapar un largo suspiro. Siempre con sus problemas de tiempo, siempre con sus problemas de dinero... Y encima el coche estaba tirado en la carretera.

–Me llevaré el coche de Susan y compraré un bidón en la gasolinera... Pues nada, tendré que levantarme antes. Qué horror. He tenido un día espantoso. El aire acondicionado de la oficina no funcionaba, tuve que quedarme hasta más tarde porque había un asunto urgente y casi llego tarde a la facultad –dijo, quitándose los zapatos–. Ahora que lo pienso, no he cenado. Debería tener hambre, ¿no? Pero no lo tengo. Bueno, será el calor.

Estaban en el mes de junio, pero parecía agosto. Samantha se quitó la blusa y entró en el cuarto de baño, con el inalámbrico pegado a la oreja.

–Tienes que comer –suspiró su amiga–. Si sigues así te pondrás enferma.

Cuando se miró al espejo, Sam casi dio un respingo: ojos azul pálido, pómulos prominentes, rostro pálido... no tenía muy buen aspecto. Quizá era la luz, pensó. Sí, seguro.

–Bueno, ¿y tú qué tal, Gina? –preguntó, abriendo el grifo de la ducha.

–Como siempre. ¿Qué es ese ruido?

–La ducha. Será mejor que cuelgue antes de que me quede sin fuerzas para hacer nada. Hablamos mañana.

–Ten cuidado, corazón. Alucinar con hombres desnudos es mala señal. Tus hormonas están intentando decirte algo.

Samantha levantó los ojos al cielo.

–Sí, mamá.

Después de ducharse, se sintió un poquito mejor. Aún agotada, pero limpia y fresca. Además, envuelta en el albornoz azul tenía mejor aspecto. Con los rebeldes rizos sujetos en una coleta, Sam se dirigió a la cocina para comer algo, un plátano, un yogur. No sabía lo que iba a encontrar en la nevera porque hacía una semana que no iba a la compra.

A pesar del calor, el suelo de madera estaba fresco bajo sus pies desnudos. La casa de Susan y Andrew McMillan, que Samantha estaba cuidando durante seis meses mientras ellos hacían un documental en Turquía, era absolutamente preciosa. Un golpe de suerte, además, porque había tenido que dejar su apartamento.

Cuidar la casa de los McMillan le pareció la solución perfecta. Susan y Andrew poseían varias hectáreas de terreno en Virginia, no lejos del mundo civilizado de Washington D.C. La casa, de un solo piso, era una estructura irregular, construida en medio de un bosque. El interior era espacioso, decorado con muebles cómodos y obras de arte que los McMillan compraban por todo el mundo. Además, tenía un jardín bien cuidado y una piscina.

Acostumbrada a vivir en apartamentos pequeños, para Sam aquello era un lujo, aunque a veces se sentía un poco sola.

Cuando iba por el pasillo vio que la luz de la cocina estaba encendida. Pero ella estaba segura de haberla apagado por la mañana... Además, no estaba encendida cuando entró en casa. Samantha se llevó una mano al corazón. ¿Habría entrado alguien? Echándole valor, entró en la cocina y la escena que vio la dejó atónita.

Con una toalla roja envuelta en la cintura, el David de Miguel Ángel estaba tranquilamente sirviéndose un whisky.

Capítulo 2

SAMANTHA se quedó helada. El hombre era muy alto, atlético, un morenazo de ojos oscuros. La miró con cara de sorpresa, pero enseguida sonrió.

—No sabía que estuvieras en casa —dijo, dejando la botella de whisky en la encimera—. No quería asustarte.

Sam no podía hablar. Había un extraño en la casa. Un extraño medio desnudo que, supuestamente, no quería asustarla. ¿Qué esperaba, un abrazo de bienvenida?

¿Quién era aquel hombre... aquel hombre tan guapo? Sus facciones eran irregulares; tenía el mentón cuadrado, pero la nariz ligeramente torcida le daba un aire muy masculino. Todo en él era muy masculino: el torso ancho, los bíceps marcados, las piernas cubiertas de vello oscuro... aquel hombre irradiaba una virilidad turbadora.

Curiosamente, se percató de eso a pesar del susto y a pesar del cansancio. Gina estaría encantada de saber que sus hormonas seguían funcionando a la perfección.

—¿Quién es usted?

—¿No has oído mis mensajes? —preguntó él, con los pies firmemente plantados en el suelo, como si estuviera en su propia casa–. Ayer te dejé dos mensajes en el contestador.

–No he oído nada –contestó Sam.

El contestador automático estaba en el despacho de Andrew, pero siempre se le olvidaba que existía.

–Supongo que tú eres Samantha.

–Y tú debes de ser David –dijo ella entonces, sin pensar.

–¿No dices que no has oído los mensajes?

–Y no los he oído.

–Pero sabes mi nombre.

No podía ser. No podía llamarse David. Era demasiada coincidencia.

Samantha tragó saliva.

–Lo he dicho por decir.

–¿Ah, sí? ¿Y entre miles de posibilidades se te ha ocurrido David? ¿Por qué?

«Porque cuando te he visto desnudo al borde de la piscina me has recordado al David de Miguel Ángel».

Pero no pensaba decirle eso, claro.

–Porque... tienes pinta de llamarte David.

–Ah. Pues me alegro. No me gustaría tener pinta de llamarme Flip o Chucky.

Lo había dicho con un brillo burlón en los ojos y Samantha se preguntó si estaba riéndose de ella. Nerviosa, se cruzó de brazos. Con apenas un metro cincuenta y ocho, parecía una niña al lado de aquel gigante de metro noventa.

–Bueno, ¿va a decirme quién es y qué hace en mi casa?

Curiosamente, no tenía miedo. El extraño emanaba fuerza, pero no parecía amenazador en absoluto.

–Soy David, ya te lo he dicho.

–Si no me dice quién es, llamaré a la policía.

Él no pareció impresionado por la amenaza. Todo lo contrario; levantó una ceja como si la encontrase muy divertida.

–No es tu casa. Es la casa de Susan y Andrew McMillan. Y yo soy David McMillan, el primo de Andrew.

«Sí, Majestad», estuvo a punto de decir Samantha.

–Ah, ya veo. Pero yo estoy aquí cuidando de la casa durante seis meses. ¿Qué derecho tienes a invadir mi privacidad?

–No era mi intención invadir nada, por eso te dejé varios mensajes en el contestador. Pero necesito una habitación para los próximos meses y como tengo la llave...

–¿Qué? ¿Vas a quedarte aquí? –exclamó Samantha–. ¡De eso nada!

Se mostraba muy valiente para estar frente a un hombre tan grande, un hombre que parecía capaz de hacer cualquier cosa que se propusiera.

–Me temo que sí, Samantha Bennett.

Ella lo miró, furiosa y agotada. Y, de repente, sus ojos se llenaron de lágrimas, algo que no le ocurría nunca. ¿Qué le estaba pasando? Primero alucinaba y luego le entraban ganas de llorar. Aunque, en realidad, no había alucinado. David McMillan era de carne y hueso.

Sam se pasó una mano por la frente para borrar la imagen de aquel hombre desnudo al lado de la piscina. No estaba en condiciones de recordar esa aparición.

–Siéntate –le ordenó él entonces, poniendo una mano en su hombro–. Pareces a punto de desmayarte.

Samantha, exhausta, se dejó caer en la silla como un saco de patatas.

–No tienes nada de qué preocuparte. No soy un psicópata ni un estafador. Puedes llamar mañana a mi primo para quedarte tranquila.

–Podemos llamarlo ahora mismo –replicó ella.

–Me temo que en Turquía son las tres de la mañana. Toma un sorbo de whisky, te calmará un poco.

Samantha apretó los dientes.

–¿Acostumbras a dar órdenes a todo el mundo?

Él la miró, perplejo, como si ese comentario lo hubiera pillado por sorpresa.

–Me temo que sí –contestó por fin–. Relájate, mujer, toma una copa.

–No puedo. No he comido nada en todo el día.

–Ah, ya me parecía a mí que tenías cara de hambre. Te haré un bocadillo –dijo David entonces.

Un metro noventa de hombre, acostumbrado a dar órdenes y a hacerse obedecer, haciéndole un bocadillo.

Sam, que no tenía fuerzas para negarse, se quedó mirando cómo sacaba jamón y queso de la nevera.

–¿Leche? –preguntó él–. ¿Café, té?

–Leche. Si hay, que no lo sé.

–Hay de todo. He ido al supermercado antes de venir.

Afortunadamente, pensó Sam, observándolo mientras sacaba un cartón de leche de la nevera. Sus manos eran grandes y fuertes, como todo él.

Le parecía absurdamente normal estar en la cocina, con aquel hombre. Pero no lo era. No lo conocía en absoluto. Era un completo extraño y, sin embargo, allí estaba. Él con una toalla y ella en albornoz, como si se conocieran de toda la vida.

Quizá todo era un sueño y por la mañana descubriría que nada de aquello había pasado. Si le contaba a Gina esa fantasía nocturna, su amiga le diría que eran sus hormonas femeninas llamándole la atención. «Necesitas un hombre», le diría. Pero no era verdad. Lo que necesitaba era un título universitario y cierta seguridad económica.

—No te oí llegar y tampoco he visto tu coche —dijo David entonces. Su voz era fuerte, ronca, una voz que la turbaba profundamente.

—He venido andando. Me quedé sin gasolina a dos kilómetros de aquí.

—Pareces agotada.

—Porque lo estoy.

—¿Trabajas muchas horas?

—Trabajo para mi abuelo, que cada día está más temperamental. Y su salud me preocupa mucho.

¿Por qué le estaba contando eso? Ella no era de las que le cuentan su vida a cualquiera.

—¿A qué te dedicas?

—Eso depende de a quién le preguntes —rio Samantha, mordiendo el bocadillo—. Mi abuelo te diría que le echo una mano con las cuentas. Tiene una tienda de muebles.

—Pero, en realidad, quien la lleva eres tú, ¿no?

—Así es. Él aparenta no darse cuenta, pero lo sabe. El negocio no va muy bien, pero... mi abuelo no quiere aceptarlo.

No había recibido un aumento de sueldo en años;

sencillamente, porque no había dinero. Con grandes superficies por todas partes, una pequeña tienda de muebles tenía pocas posibilidades de sobrevivir. Por eso necesitaba su título universitario. Necesitaba encontrar un trabajo donde la pagasen bien porque tenía que mantener a su hijo.

Kevin, de diez años, estaba pasando el verano en Florida, con su hermana y su cuñado, que dirigían un campamento juvenil. Lo estaba pasando de maravilla y así Samantha podía estudiar por las noches para terminar la carrera, pero lo echaba de menos. Cuando Kevin volviese del campamento tendría que buscar un piso... aunque no quería pensar en eso por el momento.

–¿Te encuentras bien? –preguntó David.

–Sí, es que estoy muy cansada –contestó ella, terminando el bocadillo–. Me voy a dormir.

Pero no encontraba fuerzas para levantarse de la silla. Su cuerpo parecía pesar cien kilos y tuvo que agarrarse a la mesa para mantener el equilibrio.

–Cuidado...

David se levantó para sujetarla y Samantha cayó en sus brazos como una muñeca de trapo.

Con la cara aplastada contra el torso del hombre se sentía cómoda, segura. Y no recordaba cuándo fue la última vez que se sintió segura...

Respiraba el olor de su colonia, tan agradable, sentía el suave vello masculino rozando su mejilla. Aquello era un sueño, tenía que serlo. Pero no le importaba, estaba muy cómoda. Como si no tuviera una sola preocupación en el mundo. Ah, qué alegría.

Entonces sintió algo más. Su corazón latía acelerado y una especie de fuego interno la hacía temblar de pies a cabeza...

Se quedó helada al darse cuenta de lo que le estaba ocurriendo y dio un paso atrás.

–Lo siento... yo...

David sonrió.

–No tienes que sentir nada. Me gusta que me abracen.

–Yo...

–Venga, te acompaño a la habitación.

–Estoy bien, gracias –dijo Sam, cortada–. Buenas noches.

–Buenas noches, Samantha.

¿Había una sonrisa burlona en sus ojos? No estaba segura.

¿Se había vuelto loca?, se preguntó a sí misma cuando estaba en la cama. ¿Podía dormir con un extraño en la casa? Un extraño que había conseguido excitarla, además. Sam lanzó un gemido de angustia. ¿Debía creerlo, debía creer que era el primo de Andrew?

Bueno, la verdad era que se parecían. Los dos eran altos, morenos, los dos eran hombres seguros de sí mismos. Podrían haber sido hermanos. Lo cual no probaba nada sobre las buenas intenciones del extraño.

¿Qué estaba haciendo allí? Ni siquiera se lo había preguntado. ¿Qué le pasaba, dónde tenía la cabeza?

Pero le daba igual qué hiciera allí David McMillan. Solo quería dormir. Necesitaba un largo y reparador sueño.

El canto de los pájaros la despertó por la mañana. La luz del sol entraba a través de las persianas y Samantha se estiró perezosamente... Pero entonces se levantó de un salto. ¡El coche! ¡Llegaba tarde!

¡El extraño! Había un extraño en la casa. Entonces recordó su cuerpo desnudo, el calor de su torso... pero no tenía tiempo de pensar en eso. Y aunque lo tuviera, no quería ni pensarlo.

Después de ducharse rápidamente, se puso una falda azul marino y una blusa blanca y corrió hacia la cocina. Olía a café. David estaba sentado en el porche leyendo el periódico, como si tuviera todo el tiempo del mundo. Y quizá era así. Al verla, entró en la cocina para darle los buenos días.

–¿Te encuentras mejor?

–Sí. Y quería pedirte disculpas por... el absurdo desmayo victoriano de anoche –dijo Samantha–. No quería...

–¿Te apetece desayunar? –la interrumpió David. Tan tranquilo. Era admirable.

–Tengo que irme corriendo. Es muy tarde.

–No tienes gasolina –le recordó él.

Samantha dejó escapar un suspiro.

–Por eso. Me llevaré el coche de Susan a la gasolinera para comprar un bidón y luego...

–Demasiado complicado –volvió a interrumpirla él–. Iré contigo. Así no tendrás que volver andando al coche.

–No tienes por qué hacerlo.

–Ya lo sé.

Sería una gran ayuda, desde luego, pero aquella actitud tan autoritaria era irritante.

—¿Por qué lo haces?

David levantó una ceja.

—¿Siempre eres tan recelosa?

—Cuando se refiere a los hombres, sí.

Sus palabras la sorprendieron. Lo había dicho sin pensar. No solía buscar confrontaciones con extraños; sin embargo, aquel hombre la afectaba de una forma peculiar. Y estaba a la defensiva después de aquel absurdo tropezón de la noche anterior.

—¿Tuviste una mala experiencia y piensas hacérsela pagar a todos los hombres?

Samantha lo miró, nerviosa. ¿Lo habría adivinado?

Pensó en Jason, que la dejó plantada con un niño recién nacido. Se casaron nada más graduarse en el instituto, pero cuatro meses después de que naciera Kevin, Jason hizo las maletas y se marchó de casa. Unos días después murió en un accidente de trabajo, dejándola viuda y con un niño, a los diecinueve años. Samantha no podía creerlo. ¿Cómo podía Jason abandonarla después de tener un hijo que, supuestamente, deseaba tanto? Había insistido en que no era necesario esperar a que ella terminase la carrera, que había ahorrado suficiente dinero trabajando en la construcción como para mantener a un niño. Sam tardó algún tiempo en descubrir cuál era la motivación de Jason para querer un hijo... y no tenía nada que ver con el deseo de ser padre, sino con sabotear su educación porque se sentía amenazado.

Descubrió entonces una cara de Jason que no conocía. Qué ingenua había sido, cómo se dejó manipular...

Y allí estaba David, preguntando si había tenido una mala experiencia, como si pudiera leer sus pensamientos.

–No confío demasiado en los hombres, la verdad.

–Ya veo. Pero mis motivos para echarte una mano se basan en que prefiero la paz a la guerra. Como vamos a compartir esta casa durante unos meses, lo mejor es que nos llevemos bien, ¿no crees?

–Pero...

–Si tienes la llave del coche de Susan, podemos resolver tu problema enseguida.

Samantha siempre había tenido mucha imaginación. Algo estupendo cuando Kevin era pequeño porque la usaba para contarle cuentos increíbles, pero en aquel momento no le hacía demasiada falta. Sin embargo, allí estaba. ¿Y si aquel tipo no era quien decía ser? ¿Y si era un inteligente y sofisticado ladrón? ¿Y si robaba el coche de Susan? ¿Y si vaciaba la casa mientras ella estaba trabajando? ¿No debería hacer algo?

–¿Te importaría enseñarme tu documentación? Anoche estaba tan cansada que no se me ocurrió pedírtela.

Seguramente no estaba acostumbrado a que le pidieran que se identificase, pero si le molestaba, peor para él.

Sin decir nada, David sacó una cartera del bolsillo del pantalón y le mostró su documento de identidad.

David Colin McMillan. E incluso en aquella fotografía salía guapo. Nadie estaba guapo en la fotografía del documento de identidad.

—¿Dónde está tu coche? —preguntó Sam—. No lo vi anoche cuando llegué.

—Es que no tengo.

—¿No tienes coche? ¿Y cómo has llegado hasta aquí?

—Me trajeron —contestó él, guardando la cartera.

—¿Y cómo vas a moverte sin coche?

—Usaré el de Susan hasta que consiga uno.

A Samantha no le gustó nada ese comentario. ¿Cómo podía no tener coche? Todo el mundo tenía coche en Washington D.C. Sobre todo, si vivían en las afueras. Allí no había autobuses ni trenes, ningún medio de transporte.

Quizá no tenía coche porque acababa de salir de la cárcel, pensó entonces. O porque se había escapado. Por muy primo de Andrew que fuese, también podría ser un delincuente. Qué pesadilla.

—Relájate, Samantha —sonrió él.

—Estoy relajada.

—Sí, claro. Como las cuerdas de un violín. No tengo coche porque acabo de llegar de Bolivia. He estado tres años viviendo allí.

Sí, claro. Muy sencillo. En lugar de confesar que había estado en la cárcel, decía haber estado en Bolivia.

«Por favor, Sam, cálmate», se dijo a sí misma.

—Quiero hablar con Susan. Un momento, por favor.

Era lo más sensato, se dijo, mientras entraba en el despacho de Andrew. Pero cuando marcó el teléfono que le habían dado, no contestó nadie. Samantha colgó, frustrada. ¿Qué podía hacer?

«A la porra con todo», pensó, tomando las llaves del coche.

–Vámonos.

–Toma –dijo David entonces, ofreciéndole el sándwich de queso–. Puedes comértelo en el coche.

–Gracias –murmuró ella, sin mirarlo–. ¿Quieres conducir tú?

No debería, pero era una forma de darle las gracias por el sándwich.

–Como quieras. ¿Has hablado con Susan?

–No. Nadie contestaba al teléfono. Pensé que estaban en un hotel... no sé.

Mientras David conducía, Sam iba comiéndose el sándwich. Estaba muy rico. Queso Cheddar, del fuerte. A ella le gustaban los sabores fuertes y, aparentemente, a David McMillan también.

–¿Por qué llevas una mochila llena de libros?

–Porque voy a la universidad cuando salgo del trabajo. No tengo tiempo de volver a casa, así que me llevo los libros a la tienda.

–¿Qué estudias?

–Dirección de empresas.

–Una carrera muy práctica –sonrió él.

Sin razón aparente, aquel comentario la puso a la defensiva. Pero no había razón para enfadarse. ¿Qué había de malo en ser práctica, en aprender algo que le permitiese encontrar un buen trabajo?

Nada, absolutamente nada.

Aunque estudiar dirección de empresas no era lo que Sam había soñado siempre. Ella quiso ser profesora de guardería y, en lugar de eso, acabó trabajando en la tienda de su abuelo.

Por Jason.

No. Porque se dejó manipular por él.

Una traidora mezcla de rabia y remordimientos la envolvió y tuvo que darle un mordisco al sándwich para pensar en otra cosa. Había sido un detalle por parte de David, desde luego. Y la noche anterior también le hizo la cena. Sin conocerla de nada. «Tienes cara de hambre», le había dicho. No le extrañaba. Cada día tenía menos tiempo para comer y se estaba quedando en los huesos.

Estaba terminando el sándwich cuando pasaron por delante de su coche, abandonado en el arcén. Era de un verde espantoso. Lo compró tres años antes de segunda mano y, a pesar del color, le había servido fielmente.

–¿Ese es tu coche? –preguntó David, con una sonrisa burlona.

Samantha asintió con la cabeza.

–Lo único que me interesa es que me lleve de un lado a otro.

–Eres práctica en todo, ¿no?

–¿Hay algo malo en eso? –replicó ella, irritada.

–Desde luego que no. ¿Dónde está la gasolinera?

–A cinco kilómetros, más o menos.

No podía dejar de mirar sus manos mientras conducía. No llevaba alianza. Debía tener de treinta a treinta y cinco años y se preguntó si estaría casado, si tendría hijos. Y qué estaría haciendo en casa de los McMillan. ¿Tendría casa propia? Aunque le daban igual las respuestas. Ni siquiera le importaba por qué estaba en casa de Susan y Andrew, solo que estuviera allí. Porque no le hacía ninguna gracia. La molestaba. Era un problema.

Y ella no tenía tiempo para problemas.

No tenía tiempo para nada más que para trabajar y para estudiar.

—¿Qué hacías en Bolivia? —le preguntó, por decir algo. Aunque, si era sincera consigo misma, debía reconocer que sentía cierta curiosidad.

—Construir un puente.

Era ingeniero de caminos, le contó. Y había estado en Bolivia supervisando la construcción de un puente sobre uno de los afluentes del Amazonas. Antes de eso, había estado en Malasia y otros países.

Resultaba fácil imaginarlo en paisajes exóticos, semidesnudo, con un casco en la cabeza, dirigiendo a un grupo de obreros.

Cuando llegaron a la gasolinera, David saltó del coche antes de que ella pudiera abrir la puerta.

—Yo me encargo de todo —le dijo.

Refunfuñando, Samantha se quedó en el coche mientras él llenaba un bidón en uno de los tanques de gasolina.

—¿Cuánto ha costado? —le preguntó.

—Déjalo.

—No, gracias. Quiero saber cuánto ha costado.

Suspirando, David sacó el recibo del bolsillo.

—Toma.

—Gracias —dijo Samantha, sacando el dinero del bolso.

—De nada.

Había algo en David McMillan que empezaba a molestarla. Tenía la sospecha de que estaba riéndose de ella, de que la encontraba graciosa.

De vuelta en su feo coche verde, Sam llenó el depósito de gasolina, volvió a darle las gracias y, con un suspiro de alivio, se despidió.

Sola otra vez. Por fin.

Pero iba rezando para que David no robase el coche de Susan y todo lo que había de valor en la casa...

David observó el coche verde alejándose por la carretera. No podía recordar cuándo fue la última vez que vio a una mujer más cansada, más frágil y más necesitada de un abrazo. Bueno, él la había abrazado, pensó, sonriendo. Pero, sin querer, el gesto se convirtió en algo más que un abrazo fraternal.

Y la reacción física que había experimentado al tocarla lo sorprendió por completo. Él ya no era un crío.

Samantha tenía unos ojos azules enormes, muy expresivos, y una masa de rizos castaños que eran una tentación. Despertaba en él una especie de instinto protector, pero eso no era todo.

David se quedó sentado en el coche durante unos minutos, sorprendido por tales sentimientos. Era algo que no había experimentado en mucho tiempo...

Entonces sintió miedo.

Nervioso, se pasó una mano por la cara, como para aclararse las ideas. Pero no, eso eran tonterías.

Una vez en casa se dispuso a escribir un artículo sobre proyectos de ingeniería en países en vías de desarrollo, donde la mano de obra especializada era difícil de encontrar y las barreras culturales, un problema añadido. Trabajar durante tres años en la jungla sin perder la cabeza no resultaba fácil y había aprendido mucho sobre sí mismo y sobre el trabajo.

En realidad, también él estaba cansado.

Pero, sobre todo, cansado de estar solo.

Cuando Samantha llegó a casa por la noche temió mirar hacia la piscina, por si David estaba desnudo otra vez.

Pero miró de todas formas. Nada. No había nadie. Afortunadamente, claro.

Al abrir la puerta oyó música. En vaqueros y camiseta, David tecleaba furiosamente en un ordenador portátil. Estaba tan concentrado que tardó un minuto en levantar la cabeza.

–Ah, hola –dijo, sonriendo–. Has vuelto del mundo del comercio y la economía. ¿Cómo estás?

–Exhausta.

David saltó de la silla con una explosión de energía que la dejó desconcertada.

–¿Qué tal un baño? ¿Y una copa de vino para relajarnos?

Un baño. Una copa de vino. Sonaba maravilloso. Samantha se imaginó a sí misma en la piscina, flotando, bajo un cielo lleno de estrellas... y su corazón empezó a galopar. Era una locura. No lo conocía de nada.

–No, gracias. Tengo cosas que hacer. La colada, por ejemplo. Eso es más útil que mirar las estrellas.

–Eres una persona muy activa –sonrió él.

–Pues sí.

–¿Qué sueles hacer en tu tiempo libre?

–Nunca tengo tiempo libre.

–¿Nunca?

–Últimamente, no. Tengo que trabajar, ir a clase, estudiar, cuidar de la casa...

Afortunadamente, en eso no tardaba mucho porque Susan insistió en que la señora de la limpieza siguiera yendo cada semana y del jardín se encargaba un jardinero. Aunque ella nunca los veía porque no estaba en casa por las mañanas.

–¿Nunca vas al cine o al teatro?

–Hace siglos que no voy. Si tengo tiempo, duermo un rato.

–¿Nada de romances, nada de diversión?

–No tengo tiempo para eso. Bueno, voy a cambiarme.

Cuando estaba metiendo la ropa sucia en la lavadora, David apareció con dos copas de vino en la mano.

–Toma esto, te sentará bien.

Lo último que Samantha necesitaba era que la viese doblando su práctica y poco interesante ropa interior. Se habían conocido apenas veinticuatro horas antes y ya la ponía de los nervios.

Pero le sentaría bien la copa de vino. ¿Por qué no?

–Gracias –murmuró, intentando no fijarse en lo bien que le quedaban los vaqueros.

–Llevo todo el día intentando ponerme en contacto con Susan y Andrew, pero parece que han desaparecido en Turquía. Volveré a intentarlo mañana.

Sam arrugó el ceño.

–¿Por qué intentabas ponerte en contacto con ellos?

–Para que te confirmen que soy un ciudadano modelo y no un convicto ni un estafador.

De nuevo, lo decía con tono burlón. Como si la idea de que alguien lo tomase por un delincuente fuera increíblemente cómica.

–Ya veo. Pues la verdad es que me gustaría hablar con ellos –replicó Sam, doblando una toalla. Esperaba que se fuera de allí, pero parecía absolutamente cómodo apoyado en el quicio de la puerta.

Ojalá no fuese tan guapo. Ya tenía suficientes problemas en la vida y no necesitaba un hombre. Y menos uno tan mandón como David McMillan.

–Bueno, ¿qué has hecho hoy?

–Trabajar. ¿Y tú?

–Corrí un rato esta mañana, hice varias llamadas, leí un poco y después me puse a redactar un informe.

–Parece que has estado muy ocupado.

–No, en realidad ha sido un descanso.

¿Un descanso? ¿Un descanso de qué? Él no parecía necesitar descanso alguno.

–¿Más vino?

Antes de que Sam pudiera contestar, David desapareció por el pasillo con su copa en la mano. Aparentemente, no iba a poder librarse de él.

Y, por supuesto, ocurrió lo inevitable: el vino desató su lengua, como siempre. Quince minutos después estaba contándole lo preocupada que estaba por su abuelo, que vivía en la Edad Media y no se enteraba de que el negocio iba fatal, que Susan y ella eran amigas desde el instituto, que debía encontrar un apartamento a primeros de septiembre porque Kevin empezaba el colegio...

De repente se calló, cortada. ¿Qué la había poseído para contarle todo eso a aquel hombre? Era su voz, tan sexy, tan tentadora: «ven aquí, deja que te abrace, yo haré que te sientas segura» parecía decir. Como si ella necesitara protección. Como si él fuera el príncipe azul rescatando a Cenicienta.

El vino... había sido el vino. Menos mal que no le había contado que Jason la dejó tirada y que sus padres habían muerto en un accidente o estaría llorando a moco tendido.

–¿Kevin? –repitió David.

–Mi hijo. Está en un campamento de verano, en Florida.

–Tienes un hijo... qué increíble. ¿Cuántos años tiene?

–Diez.

–¿Diez? Pero si tú...

No terminó la frase, pero Sam imaginaba lo que iba a decir. Tenía veintinueve años, pero aparentaba veinticuatro o veinticinco.

–Y para tu información, estaba casada cuando lo tuve.

–Vaya, qué alivio. No sé si habríamos podido vivir bajo el mismo techo siendo tú una pecadora con tantos secretos escondidos.

Samantha soltó una carcajada.

–Bueno, me voy a dormir.

–Y yo voy a nadar un rato. ¿Seguro que no quieres venir conmigo?

–Sí... no, gracias.

Cuando estaba en la cama, lo imaginó nadando en la piscina. ¿Lo haría desnudo o con bañador?

–Eres patética –murmuró, para sí misma–. Te

portas como una adolescente obsesionada por el sexo. Cálmate, rica.

La verdad era que hacía mucho tiempo que no estaba en los brazos de un hombre. Y en las circunstancias apropiadas y con el hombre apropiado, ese era un sitio estupendo para estar.

—Duérmete de una vez, pesada.

Y lo hizo. Y soñó.

Estaba nadando en la piscina, con David. Sin ropa. Era maravilloso porque hacía mucho tiempo que se conocían. Y después se iban a la cama y David la abrazaba, solo la abrazaba.

Con el corazón acelerado, David la vio tumbarse en la hierba; su ropa llena de barro, una hoja seca en el pelo. No podía hacer nada más que mirar mientras ella estaba allí tumbada, con los pájaros cantando alrededor, sobre las ramas de los árboles. Estaba paralizado, hasta que el pánico lo hizo despertár, cubierto de sudor.

Entonces se sentó en la cama y encendió la lámpara.

—Por favor, otra vez no...

Agitado, se puso unos calzoncillos y fue a la cocina para servirse un vaso de whisky. Lo tomó en el porche, apoyado en la barandilla, mirando las estrellas. Intentaba no pensar en nada, concentrarse solo en la respiración, una técnica de relajación que aprendió en un incierto hospital, en una isla perdida del mar de China.

Recordaba a las enfermeras, siempre sonrientes, y al monje budista...

Entonces sonrió. No pasaba nada. La noche era muy agradable y los grillos daban su típica serenata. Suspirando, se quedó allí mucho rato, intentando recuperar la tranquilidad perdida.

Capítulo 3

¿ESTÁS LOCA? –le gritó Gina por teléfono–. ¿Ese tío vive contigo en la casa? Pero si no sabes si está diciendo la verdad...

–No tengo elección –suspiró Sam, apoyando un codo en el escritorio–. No puedo echarle. Mide casi un metro noventa y tiene músculos por todas partes. No músculos de gimnasio, sino de los de verdad, de los naturales.

Gina soltó una carcajada.

–O sea, el David de Miguel Ángel. ¿Cómo se llama?

–David.

–Lo dirás de broma.

–No, lo digo en serio. Se llama David McMillan. Se supone que es el primo de Andrew. Bueno, no se supone, es el primo de Andrew. Me ha enseñado el documento de identidad.

–Bueno, bueno, en ese caso creo que la situación tiene muchas posibilidades.

–¡Pero yo no quiero que siga en la casa!

–Podría ser una distracción, mujer.

–Tengo que estudiar, no necesito distracciones.

En mayo cumpliría treinta años. Ya no sería joven, pero al menos tendría un título universitario.

De repente, Sam sintió un traidor anhelo. Quería ser joven, divertirse, pasarlo bien, hacer cosas, no preocuparse tanto por todo. Al haber sido madre tan joven no pudo disfrutar de los veinte años y tampoco podría disfrutar mucho del resto de su vida si no conseguía terminar la carrera.

Gina dejó escapar un suspiro.

—Tus aspiraciones son muy encomiables, pero supongo que podrías pasarlo bien con un tío guapo antes de quedarte sin hormonas, ¿no?

—No, no tengo tiempo. Eso tendrá que esperar.

—¿Es rico?

—¿Que si es rico? —repitió Sam, levantando los ojos al cielo—. No tengo ni idea.

Siendo del clan McMillan seguramente lo era, pero no pensaba preguntárselo.

—¿Tiene aspecto de rico?

—¿Y cómo se sabe eso?

—Su ropa, el coche, el maletín, el reloj... esas cosas.

—No he visto ningún maletín, no me he fijado en su reloj y no tiene coche porque acaba de llegar de Bolivia. Pero va a comprar uno.

—¿Cuál?

—¡No lo sé! Por favor, Gina... ¿qué te pasa hoy?

—Que mis pacientes no responden a mis extraordinarios cuidados. Estoy un poco deprimida y necesito una fantasía para animarme, así que échame una mano.

—Un mal día, ¿eh?

—Nada más que tragedias. Bueno, dime, ¿cómo es ese David? O sea, ¿qué clase de coche crees que comprará?

Sam lo pensó un momento.

–Un deportivo, supongo. Algo muy caro.

–Genial, ese es mi tipo de hombre. Si tú no lo quieres, déjamelo a mí. Por cierto, ¿está casado, tiene novia?

–Que yo sepa, la que tiene novio eres tú –le recordó Samantha–. De hecho, estás a punto de casarte con el hombre más maravilloso del mundo.

Gina dejó escapar un largo suspiro.

–Ah, es verdad. Se me había olvidado.

Cuando Sam llegó a casa a las diez de la noche había una vieja furgoneta en la puerta. Era roja y tenía las aletas abolladas. Una pegatina en la parte de atrás anunciaba que estaba llegando el fin del mundo y era hora de arrepentirse.

–¿De quién es la furgoneta? –le preguntó a David, que estaba viendo las noticias en televisión.

–Mía. La he comprado esta mañana.

–¿Tuya? Y yo pensando que te comprarías un Ferrari –rio Sam.

–¿Ah, sí? En realidad, me gustan más los Maserati, pero debo ser práctico.

–¿Práctico?

–Debía tomar en consideración que me servirá para transportar materiales, no rubias tontas de pelo largo.

–Qué deprimente –sonrió Samantha–. Nunca conseguirás subirlas a esa furgoneta.

Él dejó escapar un suspiro.

–Lo sé. Supongo que debería comprar también un Maserati.

–¿Por qué te has comprado una furgoneta de segunda mano en lugar de una nueva?

David se encogió de hombros.

–No necesito una furgoneta nueva. Solo voy a usarla durante unos meses. Además, cuando pasé por delante y vi el cartel de «Se vende», era como si me llamase.

–¿Qué?

–Que tenía carácter, tenía un no sé qué. Ese color rojo, esa pegatina bíblica en la parte de atrás...

Samantha soltó una carcajada.

–Desde luego.

–Y queda estupenda aparcada al lado de ese coche color verde acelga pocha que tienes.

–No ofendas a mi coche.

–Perdón –sonrió David, saltando del sofá. Para ser una persona tan relajada tenía una energía sorprendente.

Una imagen pasó por la mente de Sam entonces: un tigre subido a la rama de un árbol. La visión era tan sorprendente que casi soltó una risotada.

–Hay un fax de Susan para ti. Está en el despacho.

–Ah, gracias.

Susan le contaba que habían estado en un remoto pueblo de Turquía, que acababan de llegar a Estambul y que lo estaban pasando de miedo. Hablaba maravillas de la gente, de la comida y del paisaje turco. Además, le pedía disculpas por haber olvidado decirle que David pasaría unos meses en la casa y constataba que era, efectivamente, el primo de Andrew. Según Susan, era un tipo estupendo, un poco chiflado, como era de esperar en gente que se pasa la vida viajando de un país a otro.

Sam sonrió. Chiflado. Eso explicaría la furgoneta roja.

David, le explicaba Susan, pensaba construir una cabaña en los linderos de la propiedad, en un terreno que le había comprado a Andrew.

Sam leyó el fax dos veces. Él no le había dicho nada de la cabaña. Pero seguramente para eso compró la furgoneta.

Pero había algo raro, pensó. ¿Por qué David McMillan iba a construirse una cabaña en la finca de su primo? Los McMillan eran una familia adinerada. ¿Por qué no se hacía una casa en otra parte?

En realidad, sabía muy poco de aquel hombre. Solo que no era un delincuente, que era ingeniero y que iban a compartir alojamiento durante unos meses.

Y no le hacía ninguna gracia. Ella necesitaba tranquilidad, necesitaba estar sola para estudiar. Aparentemente, eso no iba a poder ser.

De vuelta en el salón, encontró a David con una botella de champán y dos copas. Había puesto en el estéreo una música muy sensual, una especie de jazz brasileño.

–¿Lo celebramos?

–¿Celebrar qué? –preguntó Samantha.

En su opinión, no había nada que celebrar, todo lo contrario.

–Que soy un hombre de intenciones honradas.

–Susan no dice eso en el fax. Dice que estás un poco chiflado.

Él levantó una ceja.

–¿Dice que estoy chiflado?

–¿No lo has leído?

–Por supuesto que no. No iba dirigido a mí –sonrió David, ofreciéndole una copa–. Por una cohabitación agradable.

Sam no tuvo más remedio que brindar mirando aquellos ojos castaños, tan burlones.

«Una cohabitación agradable», seguro. Qué pesadilla.

Él sugirió salir a cenar el sábado, pero Samantha se negó alegando que tenía que estudiar. Sin embargo, una vocecita le decía que estaba loca. David McMillan era un hombre guapo de intenciones honradas... ¿cuándo fue la última vez que conoció a un hombre guapo de intenciones honradas?

Irritada consigo mismo, tomó un sorbo de champán, observando el brillo divertido de los ojos castaños. ¿Intenciones honradas? No se lo creía ni él.

A la mañana siguiente, el corazón de Sam dio un vuelco al ver entrar a David en la cocina. Y casi se le cayó la tostada al suelo.

Con un traje de chaqueta, David McMillan era un hombre completamente diferente, formidable, dinámico... casi daba miedo. La chaqueta se ajustaba perfectamente a sus anchos hombros y la camisa, blanquísima, estaba perfectamente planchada. Parecía un moderno dios de los negocios, dispuesto a la batalla.

–Bonita corbata –consiguió decir.

–Gracias –sonrió él, sirviéndose una taza de café.

–Veo que hoy no juegas a ser albañil –sonrió Samantha.

–No, hoy no. Hoy tengo que encargarme de un asunto familiar.

Samantha se preguntó qué asunto familiar podría requerir traje de chaqueta y corbata, pero sería mejor no preguntar nada.

–Bueno, me voy a la tienda.

David se acercó entonces, puso las dos manos sobre sus hombros y le dio un beso en los labios. Así, tranquilamente.

–No trabajes mucho, Sam. Y cuídate.

Ella lo miró, con el corazón en la garganta.

–¿Por qué has hecho eso?

–Porque me apetecía. Nos veremos mañana, Samantha.

–¿Mañana? ¿Esta noche no duermes aquí?

David hizo una mueca.

–Parece que te alegras.

–No, qué va. Solo quería saberlo.

Cuando salía de la casa, vio una limusina gris aparcaba frente a la puerta. La conducía un chófer uniformado.

–Por favor... –murmuró Sam, entrando en su coche de color «verde acelga pocha».

David se arregló la corbata frente al espejo, sonriendo al recordar la expresión de Samantha cuando lo vio con el traje de chaqueta. En realidad, cada vez que pensaba en ella tenía que sonreír.

Había pasado mucho tiempo desde la última vez que se puso un traje de chaqueta, pero aquel día debía llevar un atuendo apropiado. Reunirse con uno de los accionistas de la empresa familiar y convencerlo de que estaba en un error sobre ciertas inversiones era un precio pequeño a cambio de la felicidad de su familia.

Él sabía cómo hablar con la gente, cómo convencerlos de algo, y aunque no estaba involucrado en el día a día del negocio familiar, su talento para las relaciones públicas era necesario de vez en cuando.

Encontró a Lester esperándolo en la limusina. Debía tener cien años, pensó David, con afecto. Lester ya trabajaba para ellos cuando él, de crío, exploraba la finca de su padre, imaginando que eran las selvas de África.

–Buenos días, señor McMillan –le sonrió el chófer.

–Buenos días. ¿Cómo estás, Lester?

–Muy bien, gracias.

–¿Y la artritis?

–Ahí sigue, dando la lata. Pero hay que vivir con ella.

Sí, pensó David, había cosas con las que era necesario vivir. En ese momento, el rostro de Celia apareció en su mente. Pero solo durante un segundo. Enseguida se vio reemplazado por el rostro de Samantha.

Sam, que solía ponerse falditas justo por encima de la rodilla, recatadas blusas blancas y pendientes discretos. Llevaba casi siempre zapatos planos y daba una sensación de orden y limpieza que lo volvía loco. Hubiera deseado desabrochar su blusa, soltar sus rizos para acariciarlos... Tenía el pelo más bonito que había visto nunca, desordenado y salvaje en contraste con su sensata apariencia. Ella intentaba sujetarlo en un moño o una coleta, pero siempre se le escapaba algún rizo.

Sin embargo, solo tenía que mirar sus ojos azules para saber que en ella había mucha pasión escondida.

Y, por alguna razón incomprensible, sentía el deseo de desatar esa pasión. Y el anhelo de tomarla entre sus brazos, de cuidar de ella.

A la luz del atardecer, la casa de piedra tenía el aspecto de siempre: sólida, inmutable, pero con el innegable encanto sureño. Rodeada de un lujoso jardín, tenía varias hectáreas de terreno. David había vivido allí de pequeño, como su padre y su abuelo antes que él. Y su madre lo esperaba en la puerta para darle un abrazo.

—¿Qué tal la reunión?

—Todo ha ido bien, mamá. No te preocupes.

Encontró a su padre en el despacho, con un puro en una mano y un whisky en la otra, ambos en contra de las órdenes del médico. Era un hombre de hermosos ojos oscuros y presencia impecable.

—Hola, hijo. Cuéntame qué tal tu reunión con Sánchez.

—Bien. Solo había sido un malentendido. Habrá que llegar a un acuerdo sobre un par de cosas, pero todo está solucionado.

—¿Seguro que no quieres unirte a nosotros ahora que estás de vuelta en el país?

Para entonces, aquella era ya casi una pregunta retórica. Él sabía que no iba a aceptar.

En ese momento, su madre asomó la cabeza en el despacho.

–David, Tara ha venido a verte. Está en el salón.

–Ah, voy enseguida.

Tara, con su largo pelo negro cayendo sobre los hombros, estaba tan guapa como siempre.

–¡David, qué alegría! ¿Cómo está mi primo favorito?

–Muy bien. ¿Y tú?

–Estupendamente. Vaya, con traje y todo. No parece que vengas de la jungla.

–Es que llevo aquí unos días.

–¿Conseguiste levantar ese enorme puente en Bolivia? –preguntó ella entonces.

–Por supuesto.

Contra pronóstico, ya que sufrieron todo tipo de contratiempos.

–Ya me lo imaginaba. No sé ni por qué he preguntado. Siempre terminas lo que empiezas.

–Lo dices como si fuera un defecto –rio David.

–No, es que estoy celosa. Eres asquerosamente competente. Yo siempre lo estropeo todo –suspiró Tara.

–¿Te pasa algo, primita?

–Nada importante. Bueno, vamos a buscar a tu madre para ver si me invita a cenar.

–Estás invitada, tonta.

Después de cenar, David se disculpó para hacer una llamada de teléfono. Y Samantha contestó inmediatamente.

–Hola, soy yo.

Un silencio al otro lado del hilo.

–Hola. ¿Qué quieres?

–Saber cómo estás.

–¿Saber cómo estoy? –repitió ella, atónita.

–Bueno, quería saber si estabas en casa –sonrió David.

–¿Y dónde iba a estar?

–No sé, en el arcén, sin gasolina...

–Muy gracioso.

–Pues no, porque estoy muy lejos y no habría podido ayudarte.

–No necesito que me ayudes –replicó Samantha.

–Me alegro. En fin, no te molesto más. Buenas noches, Sam.

–Buenas noches.

David colgó, satisfecho. No le hacía gracia que condujese aquel cacharro, pero al menos había llegado a casa sana y salva.

–¿Cuánto tiempo estarás en el país? –le preguntó su padre cuando volvió a la mesa.

–Todo el verano.

Después, le habló de un proyecto que tenía en México y que pensaba construirse una cabaña en la parcela que Andrew le había vendido.

–¿Que vas a construirte una cabaña?

–Con mis propias manos.

Sus padres lo miraron, sorprendidos.

–Eso se hace con doce años –dijo su padre por fin.

David soltó una carcajada. Hacer fuertes, cabañas y casas de madera solía divertirle mucho de pequeño. Y también le divertiría de adulto.

–Lo pasaré bien usando un martillo –sonrió, tomando una taza de café.

Su padre dejó escapar un largo suspiro.

—Y yo esperando que te vuelvas normal de una vez.

—Ni lo sueñes, papá.

Samantha estaba fregando los platos de la cena cuando David volvió a casa al día siguiente.

Llevaba otro traje de chaqueta, igualmente impresionante... mientras ella estaba descalza con un estropajo en la mano, como Cenicienta. Al verlo, tan guapo, tan masculino, su corazón dio un vuelco.

—Solo es un traje, Sam —sonrió él.

Pero no era solo eso. Miles de hombres podían ponerse un traje de chaqueta y nunca tendrían ese aspecto. El traje servía para acentuar su abrumadora masculinidad.

—Tienes un aspecto demasiado impresionante para una chica de campo como yo —intentó sonreír Samantha.

—Es solo por fuera. Por dentro, soy un simple albañil.

«Sí, seguro».

—Qué alivio.

—¿Por qué estás limpiando a estas horas?

—Estaba fregando los platos de la cena.

—¿Qué tal una copa de coñac o una copa de vino?

—No puedo. Tengo que estudiar.

—Son más de las diez.

—Lo sé —replicó ella, irritada. Claro que lo sabía. Cada músculo de su cuerpo se lo recordaba.

—Muy bien. Entonces, nos veremos por la mañana –sonrió David que, tomando su maletín y su bolsa de viaje, desapareció por el pasillo.

David se puso unos pantalones cortos y una camiseta y volvió a la cocina, donde guardaba una botella de whisky. En el salón había un bar bien surtido, pero él prefería su whisky de malta.

Encontró a Samantha sentada a la mesa, mirando un bol de fruta.

–¿Qué haces aquí? Pensé que tenías que estudiar.

–Y tengo que hacerlo. Pero no puedo moverme.

–Vete a la cama entonces.

–Creo que quizá tomaré esa copa de vino.

David sacó una botella de vino blanco de la nevera y sirvió dos copas.

–¿Qué tal el día?

–No quiero hablar de eso. Cuéntame qué has hecho tú.

–Fui a visitar a mis padres, resolví un problema en la empresa familiar y poco más.

–¿Qué clase de empresa tienen los McMillan? Susan me contó algo, pero no me acuerdo.

–Es una empresa de inversiones: azúcar, cacao, caucho, cosechas que aún no se han plantado, cosas así.

–Qué raro. Ganar dinero con cosas que todavía no existen.

–Sí, a mí también me parece raro. Pero a mi hermano Anthony le encanta el riesgo.

Un céntimo menos en un producto podría hacerles perder millones. Con un céntimo más, ganarían una fortuna.

–¿Y a ti no te gusta el riesgo? Tú no trabajas para la empresa McMillan, ¿verdad?

–No, yo voy de aquí para allá –sonrió David, tomando un sorbo de vino–. Nunca me han interesado los números en una pantalla de ordenador. Quiero tocar las cosas con las manos, construir, crear algo.

–¿Puentes y carreteras?

–Eso es.

Le encantaba hacer cosas en las circunstancias más difíciles: dinamitar una montaña para crear un túnel, construir carreteras en terreno imposible. Y, al final, obtenía la satisfacción de saber que la estructura que había diseñado mejoraría las vidas de mucha gente. Que décadas, quizá siglos más tarde seguiría allí.

–Cosas concretas, ¿no? –sonrió Sam.

–Exactamente. Los números en una pantalla de ordenador son algo muerto.

–Los números en una pantalla significan dinero o la falta de él.

–Tienes razón. Pero a mí no me dicen nada.

–¿No te interesa el dinero?

–Me interesa, pero no me gusta jugar con él.

Con el dinero uno podía comprar cosas: ropa, coches, casas... o tiempo, que era lo más importante. Pero el dinero no daba felicidad, el amor o la paz interior. Una lección que él aprendió de la forma más cruel. Mientras hablaba, se dio cuenta de que a Sam se le estaban cerrando los ojos.

–Vamos. Tienes que meterte en la cama –dijo, levantándose.

–No pienso irme a la cama contigo –replicó ella, medio dormida.

David soltó una risita.

—¿Por qué no? Sería muy agradable.

Samantha dejó escapar un suspiro.

—Sería una estupidez.

—Eres demasiado seria.

—¿Qué quieres decir?

—Que relajarse un poco es bueno para el alma. Y un poco de diversión también.

Ella lo fulminó con la mirada.

—Me honra que te preocupe tanto mi alma y que tengas tantas ganas de echar una mano.

—Me gusta servir a los demás —rio David.

—¿Hay algo que te tomes en serio en la vida? —preguntó Samantha, exasperada.

¿Qué le pasaba a aquel hombre? Para él, todo era una broma.

—Algunas cosas, sí me las tomo en serio.

—¿Por ejemplo?

—Una buena comida, mi salud, tener buenos amigos. Y, por supuesto, la agradable compañía de una buena mujer.

«¿La agradable compañía de una buena mujer?» Qué emoción.

—¿Eso es lo que estás buscando? ¿La agradable compañía de una buena mujer? —repitió Sam, irónica.

—Sí, pero no es tan sencillo. Las buenas mujeres no son fáciles de encontrar —sonrió David, mirándola a los ojos—. Y estoy pensando que tú podrías ser una.

—¿Yo? ¿Estás loco?

—¿No eres una buena mujer?

Samantha soltó una carcajada.

–Por supuesto. Pero puede que no sea «agradable».

–Serías buena para mí.

–¿Yo? ¡Ja! ¿Por qué sería buena para ti?

–Porque me haces reír.

–¿Yo te hago reír? Pues no es mi intención.

–Pero eres muy divertida.

–¿Ah, sí?

–Tan intensa, tan seria, tan ingenua.

–¿Ingenua? –repitió ella, atónita–. Bueno, creo que ya he oído suficientes tonterías. Buenas noches.

–Eso. No pierdas tiempo pasándolo bien –replicó David, burlón.

–Puede que tú tengas tiempo que perder, pero yo no. Tengo responsabilidades y obligaciones, así que hazme un favor y déjame en paz.

Samantha intentó salir de la cocina, pero al hacerlo se le enganchó el bolso en el picaporte y el monedero y los papeles salieron volando.

–¡Maldita sea!

Al inclinarse para ayudarla, David encontró un examen de derecho mercantil con un *Insuficiente*, marcado en rotulador rojo. Sam intentó quitárselo, pero él se lo impidió.

Si hacía una broma lo estrangularía con sus propias manos, pensó Samantha.

–Si quieres, puedo ayudarte con el derecho mercantil –dijo, tomando su mano para ayudarla a ponerse en pie. Tenía unas manos grandes, duras, manos de trabajador.

–No, gracias.

–Aceptar ayuda cuando la necesitas no es un signo

de debilidad. Ni siquiera para alguien fuerte e independiente como tú.

Samantha se puso rígida. Era como si hubiera mirado dentro de su alma. Y ella no quería que mirase dentro de su alma.

David estaba muy cerca. Podía oler su jabón, su loción para después del afeitado. Y un olor especial, el olor de su piel.

–Sam, relájate –sonrió él entonces, tomándola por la cintura. Y entonces, como si fuera algo muy normal, buscó su boca, suave, pero firmemente.

Ella estaba inmovilizada, con el corazón latiendo a mil por hora. Sin embargo, al sentir el calor de sus labios, se derritió. El beso se convirtió en una danza erótica. Era maravilloso volver a sentir la fuerza de un hombre...

No debería ser maravilloso y, sin embargo, Sam no intentaba apartarse, no daba un paso atrás. Le devolvía el beso, apretándose contra él, con un anhelo desconocido.

Incluso se le escapó un suspiro de rabia cuando él se apartó. No quería que parase, no quería abrir los ojos. Le temblaban las piernas y tuvo que sujetarse a una silla. ¿Por qué lo había besado? ¿Dónde tenía la cabeza?

–Bueno, eso me ha animado un poco –sonrió David–. Para no estar interesada ni en romances ni en frivolidades, besas muy bien.

Se estaba riendo de ella, claramente.

–¿Por qué me has besado? –preguntó Samantha, intentando aparentar tranquilidad.

–No lo sé. Pero me ha gustado mucho. ¿Y a ti?

–Yo...

–Parecías perdida en el calor del momento –dijo David. «El calor del momento». Genial–. No pongas esa cara. La pasión no es un pecado. Es un regalo...

–¡Cállate! –lo interrumpió Sam.

–¿Qué te pasa?

–¿Qué me pasa? ¡Tú! Tu presencia en esta casa... Quiero que te alejes de mí. No quiero que me toques ni que me beses.

–Pero si te ha gustado.

–Eso es lo que tú crees –replicó ella, aun sabiendo que sonaba ridícula–. No tengo tiempo para una relación y...

–Ah, claro. Ya entiendo. No te preocupes, intentaré mantener mis instintos animales bajo control –dijo David, suspirando exageradamente–. Será difícil, porque me siento muy atraído por ti, pero...

–Por favor, ve a darte una ducha fría. Tengo cosas que hacer.

Sam trabajó y estudió como una maníaca durante los días siguientes, evitando a David para protegerse a sí misma. Intentando no escuchar la música que sonaba cada vez que llegaba a casa; ritmos exóticos y sensuales que evocaban deseos prohibidos para ella.

David la evitaba también, como había prometido, y era un alivio. O eso se decía a sí misma.

Sin embargo, no podía dejar de pensar en él.

Y entonces, un día, David apareció en la tienda de su abuelo. El corazón de Samantha dio un vuelco. Era la última persona que esperaba ver, pero allí estaba, con unos pantalones cortos de color caqui y un polo azul marino. Tranquilo y relajado, irradiaba salud y felicidad.

Sam se colocó un rizo detrás de la oreja, intentando controlar los latidos de su corazón. Muy bien, era guapo, era encantador. No pasaba nada.

–¿Qué haces aquí? –le preguntó, jugando con un clip.

David sonrió.

–Vengo a invitarte a comer.

Capítulo 4

DAVID sabía que no iba a dar saltos de entusiasmo por la invitación. Aunque, viendo la desvencijada oficina en la que Samantha pasaba tantas horas, era comprensible que no fuese muy entusiasta.

Le encantaría invitarla a comer todos los días para que pudiera salir un rato de aquel sitio tan deprimente.

–Quieres invitarme a comer, ¿no? –dijo entonces Samantha.

–Así es.

–Pues seguro que esto te sorprende, pero no puedo marcharme de aquí solo porque tú desees invitarme a comer.

–¿Por qué no?

–Tengo trabajo y tú no eres mi jefe.

–Pero si estás a cargo de la tienda...

–Cierto –replicó ella, desafiante. Llevaba una de esas blusas suyas, tan serias, de color azul cielo con botoncitos. Pero el primer botón se había desabrochado y David podía ver el encaje blanco de su sujetador.

–¿Lo que estás haciendo no puede esperar una hora?

–No.

—Pero si quisieras, vendrías a comer conmigo.

—Si quisiera, sí.

—¿Y no quieres?

David sabía muy bien por qué se resistía. Llevaba una semana apartándose de su camino, pero tenía que hacer algo, aunque solo fuera comer con ella.

—No, no quiero.

—¿Por qué no?

—Porque no me gusta que me digan lo que tengo que hacer.

—¿Aunque sea una invitación para almorzar? ¿Aunque te ofrezca una comida rica en vitaminas, saludable, que te dará fuerzas para el resto del día?

—No —repitió Sam, obstinada.

Era dura aquella chica. Y aunque a veces resultaba irritante, a David le parecía irresistible. Hubiera deseado tomarla en brazos, sacarla de allí y hacerle el amor en una isla desierta...

Unas campanitas de alarma empezaron a sonar en su cabeza, pero no les hizo caso. No había nada malo en un pequeño romance, se dijo. Sería bueno para los dos. Él había mantenido relaciones con muchas mujeres independientes que no querían saber nada de compromisos. Y las relaciones terminaban de forma amistosa, como a él le gustaba.

Como tenía que ser.

—¿Y si te digo que voy a llevarte al Caribe?

—No me gustan las preguntas hipotéticas —contestó Samantha.

Pero, por un segundo, David vio en sus ojos un brillo de ilusión. Y se sintió culpable. ¿Por qué le había dicho esa tontería?

Samantha soltó el clip y apoyó los codos en la mesa.

—Puede que tú estés acostumbrado a decirle a la gente lo que tiene que hacer, pero a mí no me gusta. ¿Debo recordarte que no soy empleada tuya?

—Cierto —asintió él, intentando no sonreír. Y aunque fuera empleada suya, seguramente actuaría de la misma forma.

—Pues ya lo sabes. Así que ya puedes marcharte.

—A mí tampoco me gusta que me den órdenes.

—Pues entonces quédate —replicó Sam.

Evidentemente, así no estaba consiguiendo nada, de modo que lo mejor sería buscar otra forma de convencerla.

—Tengo una idea mejor. Voy a empezar otra vez.

Samantha levantó los ojos al cielo.

—A ver...

—Quiero pedirte disculpas.

—¿Por qué?

—Porque debería haberte pedido «por favor» que vinieras a comer conmigo. Lo siento, Sam.

—No lo sientes —replicó ella, volviéndose para mirar la pantalla del ordenador.

—Samantha, por favor...

—¿Qué?

Tenía unos ojos preciosos, pensó David.

—Se me acaba de ocurrir que casi nunca nos vemos a la luz del día.

—¿Y qué?

—Que he pasado por aquí para ver si te apetecía comer conmigo.

Sam no contestó inmediatamente, como si estuviera pensándoselo. Se echó hacia atrás en la silla, jugando con el bolígrafo y, al hacerlo, la blusa se ahuecó un poco más, mostrando el nacimiento de sus pechos. Para ser tan delgada, tenía unos pechos sorprendentemente generosos.

–Considerando que tengo mucho que hacer y considerando que no me caes nada bien, ¿por qué iba a apetecerme comer contigo?

A David se le ocurrían un par de razones: para empezar, el aburrido sándwich que llevaba en el bolso. La había visto hacerlo por la mañana.

–¿Por la comida? –sugirió.

–No se te ocurrirá pedir por mí, ¿no?

–Por supuesto que no –rio él–. No me atrevería.

–Muy bien. Estaré lista en un minuto.

Se había rendido, pensó David. Qué milagro.

–Háblame de tu hijo –dijo David.

De nuevo estaba dándole órdenes. Pero Samantha la dejó pasar, sintiéndose magnánima. De modo que, mientras tomaba su ensalada de gambas, le habló de Kevin, intentando no parecer una madre ñoña. Pero le resultaba difícil porque Kevin era un niño estupendo y estaba muy orgullosa de él. Lo que no sabía era por qué David se mostraba tan interesado; los hombres que ella conocía nunca habían mostrado interés por saber nada de su hijo... pero David quiso ver la fotografía que llevaba en el bolso.

–¿El niño ve a su padre?

–No. Su padre murió cuando tenía cuatro meses.

Se alegraba de no tener que decir que su marido la había abandonado. Sonaba tan... melodramático.

–Lo siento –dijo David.

–Ocurrió hace mucho tiempo.

–¿Tienes más parientes, además de tu hermana y tu abuelo?

Samantha le habló de sus padres, que murieron en un accidente de barco cuando Kevin tenía cinco años; el mismo año que su hermana se fue a Florida. Fue un momento terrible y se sintió muy sola, pero eso no se lo contó.

–¿Y desde entonces trabajas para tu abuelo?

–Así es.

Entonces le preguntó por su trabajo, por qué no había buscado otro más interesante...

–Lo he pensado muchas veces, pero no puedo dejar solo a mi abuelo.

–Pero podría contratar a otra persona.

–Por el dinero que me paga a mí, imposible. Además, es muy mayor y no puedo abandonarlo.

–Tienes el corazón blando, Samantha –sonrió David–. Por mucho que intentes disimularlo.

–Es mi abuelo. De pequeña me regalaba caramelos y muñecos de peluche. ¿Qué quieres que haga?

–¿Por qué no va bien el negocio?

–Una combinación de factores. Sobre todo, porque las grandes superficies se llevan todas las ventas. Además, mi abuelo ya no sabe lo que quiere la gente, vive en otro mundo –suspiró Sam–. Debería retirarse, pero está solo y esa tienda es toda su vida.

–¿Y qué va a pasar?

–No lo sé. No puede vender el negocio porque no se lo comprarían –contestó ella–. Pero lo que más me preocupa es lo que pasará cuando sepa que debe cerrar la tienda. Aparte de que yo me quedaré sin trabajo.

–Quieres mucho a tu abuelo, ¿no?

–Sí, claro. Lo quiero mucho, pero me vuelve loca. Es un gruñón, fuma puros a pesar de los consejos del médico y se niega a hacerse las revisiones anuales.

David apretó su mano.

–¿De verdad no quieres una copa de vino?

–Bueno, ¿por qué no?

Nunca tomaba vino durante el almuerzo. Pero claro, ella nunca comía fuera de la tienda. Era agradable comer en un restaurante, sobre todo en uno tan elegante como aquel. A su alrededor había plantas y cuadros de la campiña inglesa; casas rústicas con muchas flores y persianas pintadas de color verde.

–¿Te gustan?

–Mucho. Son una fantasía.

–¿Tu fantasía?

Samantha sonrió.

–Si soy realista, no.

–Las fantasías no tienen nada que ver con la realidad.

–Hay fantasías y fantasías –dijo Sam entonces–. Algunas pueden convertirse en realidad, otras, es imposible.

–Pues háblame de alguna fantasía tuya que pueda hacerse realidad.

–Dormir tres días seguidos, por ejemplo. Y no me digas que es una fantasía patética.

–No lo es. Yo he tenido ese mismo deseo algunas veces.

–En julio tengo tres semanas de vacaciones, así que intentaré hacerla realidad –sonrió Samantha–.

Pienso meterme en la cama y no levantarme en tres días.

David asintió solemnemente.

—Y yo te llevaré la comida a la cama: cruasanes, salmón, helado de chocolate.

—No quiero que me molesten.

—Muy bien. Intentaré no hacer ruido —sonrió él, levantando su copa—. Brindo por un día en el que tengas fantasías menos prosaicas.

—¿Por ejemplo?

—Fantasías sobre las cosas bonitas de la vida: romance, pasión, un baño a la luz de la luna, un paseo por la playa, una historia de amor... ¿Quieres saber cuál es mi fantasía?

Sam apartó la mirada.

—Mejor no.

—Te la contaré de todas formas. Quiero dar un paseo contigo, de noche. Para enseñarte Venus, para que huelas las rosas y la hierba bajo tus pies desnudos.

Ella levantó una ceja.

—¿Eso es todo?

—Bueno, también te besaría a la luz de la luna, te quitaría la ropa y te haría el amor sobre la hierba.

—Una fantasía muy mansa.

—No he dicho que no tenga otras —rio David.

Era encantador, pero Samantha no pensaba dejarse seducir por una sonrisa y una ensalada de gambas.

Era demasiado peligroso.

Aunque, en realidad, lo estaba pasando bien. Una hora más tarde estaría de vuelta en la oficina, donde la realidad la rescataría inmediatamente de tanta fantasía.

De modo que se relajó para disfrutar de la comida, tomó su copa de vino y pidió un postre lleno de calorías.

David inspeccionó las vigas de madera que el camión había llevado por la mañana.

La parcela estaba en un lugar precioso, con el bosque detrás y una vista de las montañas Ridge. Mientras estaba admirando el paisaje, una imagen de Sam apareció en su mente.

Incómodo, empezó a bajar el equipo y la maquinaria de la furgoneta. Se marcharía en otoño, de modo que solo tenía hasta mediados de octubre para construir la cabaña. Y cuando estuviese acabada tendría una residencia permanente, aunque no viviese allí durante gran parte del año.

Intentaba no pensar en la magnífica casa de estilo colonial que una vez compartió con una mujer bellísima, la casa que fue su hogar.

Fue la última vez que vivió de forma permanente en un sitio y nunca volvería a tener lo que tuvo entonces. Se había hecho a la idea, decidido a no volver a pasar por aquel infierno. Quería que su vida fuera sencilla, fácil, sin riesgos.

Impaciente por aquellos pensamientos, David cerró la puerta de la furgoneta con más fuerza de la necesaria.

Las dos y cuarto. Sam miró el despertador y volvió a cerrar los ojos. Últimamente le pasaba eso a menudo; se despertaba en medio de la noche sin saber por qué y luego tenía problemas para dormirse de nuevo. Empezaba a pensar en el trabajo, en los estudios, en Kevin... Le parecía como si llevara siglos apartada de él. Echaba de menos sus ojitos azules, su sentido del humor, el ruido y la actividad que iban con él. Pero Kevin lo estaba pasando bien en el campamento y no tenía razones para sentirse culpable. Además, estaba en buenas manos; su cuñado era un hombre estupendo.

¿Y si le pasaba algo? ¿Y si sufría un accidente?

«Por favor, no pienses esas cosas», se dijo, con el corazón en un puño. Angustiada, se levantó de la cama y fue a la cocina a hacerse un té. Estaba de pie frente a la encimera cuando oyó ruido en el despacho.

Con la taza en la mano, se acercó a la puerta. Podía oír el ruido del fax y a David hablando por teléfono. Estaba de espaldas, pero debió notar su presencia porque se volvió. Al verla, le hizo un gesto con la mano, sin soltar el teléfono.

De repente, Sam se dio cuenta de que estaba despeinada, descalza, con un camisón blanco muy arrugado.

—Te llamaré cuando revise el informe, dentro de un par de horas —dijo él, antes de colgar—. ¿Te he despertado?

—No. Te he oído desde la cocina. ¿Qué haces despierto a estas horas?

David se levantó para estirarse perezosamente y Sam tuvo que apartar la mirada de aquellos bíceps.

—Trabajar.

—¿A las dos de la mañana?

—En Singapur es por la tarde.

—Ah, ya.

—¿Y tú qué haces levantada?

—Me desperté y no podía volver a dormir.

El fax dejó de hacer ruido y la música clásica que llegaba del salón, una música apasionada y exótica, pareció envolverlos a los dos.

Tras la puerta de cristal, la noche era misteriosa y oscura. Sam sintió un escalofrío de aprensión cuando David clavó su mirada en ella.

—Será mejor que me vaya —dijo en voz baja.

—No tienes que irte.

Unas palabras tan sencillas. Samantha intentó moverse, pero le pesaban las piernas y se sentía diminuta a su lado. De repente, le costaba trabajo respirar. David parecía irradiar un poder invisible que la rodeaba, que la mantenía cautiva.

—Hueles muy bien —murmuró él, inclinándose para buscar su boca.

Sam no se movió. Sintió los brazos del hombre rodeándola, apretándola contra su pecho. El beso estaba cargado de sensualidad, de un deseo que no podía disimular.

«Tócame», pensó. Quería sentir el calor de sus manos, quería...

Y entonces, como si hubiera leído sus pensamientos, David puso las manos sobre sus pechos; una caricia suave, delicada, que la hizo sentir un estremecimiento.

—Y sabes muy bien —siguió él con voz ronca.

Samantha supo que sería muy fácil seguir besándolo, muy fácil irse a la cama con él, donde la acariciaría por todas partes, donde le haría el amor...

Por eso salió corriendo, con el corazón en un puño.

–Eres idiota –murmuró para sí misma–. Te portas como si fueras una adolescente. Das pena.

No durmió mucho aquella noche. No podía dejar de sentir la boca de David sobre la suya, las manos en sus pechos. Seguía oyendo su voz, ronca de deseo: «Sabes muy bien».

David miró el informe que debía revisar. Pero en lugar de ver las cifras, veía el rostro de Sam. La había pillado desprevenida. Allí, con su camisón blanco, sus rizos despeinados, como un ángel...

Afortunadamente, estaba hablando por teléfono. Su reacción al verla así había sido muy poderosa y agradeció tener unos segundos para respirar.

Pero no pudo resistirse al deseo de besarla. No se equivocaba al pensar que ella lo deseaba también; había visto ese anhelo en sus ojos, sintió la reacción cuando acarició sus pechos. Pero esos sentimientos la asustaban y Samantha salió corriendo como si él fuera el propio demonio.

¿Qué le estaba pasando?, se preguntó David. No debería besarla, no debería ponerla en esa situación. No era justo ni para ella ni para él.

Pero, ¿por qué no? Los dos eran adultos. ¿Qué había de malo en tener un romance? Nada en absoluto. Y él estaba preparado para ello.

Bostezando, David apartó el informe. Lo leería al día siguiente. Sería mejor dormir un poco, se dijo.

Intentando no hacer ruido, salió al pasillo. La

puerta del dormitorio de Sam no estaba cerrada del todo y podía ver luz en el interior.

Sin poder evitarlo, asomó la cabeza. Ella estaba tumbada, con la sábana por la cintura, el pelo extendido sobre la almohada. Dormía con los labios entreabiertos... Se sentía culpable por mirarla, pero lo envolvió una extraña sensación de ternura y volvió a su dormitorio, sorprendido.

¿Por qué al mirar a Sam había sentido esa emoción? ¿Y por qué ella precisamente, tan evasiva, tan estresada, tan evidentemente poco interesada en una relación pasajera?

Había muchas preguntas sin respuesta en su vida.

Lo único que sabía era que Sam removía algo dentro de él, que lo hacía sentir vivo. Que con ella recuperaba una alegría que creía muerta.

Ese pensamiento le dio miedo. Era una puerta que no quería abrir.

Debería dejarla en paz, pero no estaba seguro de poder hacerlo.

Samantha estaba sentada en la cama, mirando un libro con gesto de asco. Derecho mercantil. Lo odiaba. ¿Cómo podía no entender aquello? Ella no era tonta, todo lo contrario... Furiosa, lanzó el libro contra la pared. Desgraciadamente, golpeó la lámpara de la cómoda y tiró al suelo un vaso de agua.

Un segundo después, David estaba llamando a la puerta de su dormitorio.

—¡Samantha! ¿Qué pasa?

—¡Nada!

David abrió sin pedir permiso.

–¿Qué ha pasado...? Ah, ya veo –sonrió, al ver el vaso hecho añicos en el suelo–. Tirando libros, ¿eh? Sam, ¿por qué eres tan testaruda? ¿Por qué no dejas que te ayude? Ven a la cocina y te echaré una mano con esto.

Cuando él salió de la habitación, Samantha cerró los ojos, irritada. David intentaba ser amable, pero a veces la ponía de los nervios.

Sin embargo, estaba siendo absurdamente obstinada. ¿Por qué no dejaba que le echase una mano?

Cuando entró en la cocina lo vio sentado en el porche, leyendo un libro.

–¿De verdad quieres ayudarme con el derecho mercantil?

–Claro.

Cinco minutos después, Samantha se dio cuenta de que había cometido un error. No podía pensar en el derecho mercantil porque David estaba demasiado cerca y el sonido de su voz mientras le explicaba cada tema... provocaba un incendio en su interior.

No podía concentrarse. Tenía que irse de allí antes de que él se diera cuenta, antes de echarse en sus brazos como una loca.

Ella no haría eso. Era una mujer fuerte, independiente y no iba a sucumbir a aquel ridículo y frívolo capricho de su cuerpo con un hombre al que apenas conocía.

Aunque fuera el David de Miguel Ángel en persona.

–Lo siento, estoy demasiado cansada. ¿Te importa si hacemos esto en otro momento?

–Claro que no.

Sam recogió sus papeles e intentó hacer una salida digna, pero fue saboteada por la alfombra, con la que tropezó miserablemente. Intentó sujetarse a la silla, pero cayó al suelo hecha un lío de libros, brazos y piernas.

Capítulo 5

DAVID la ayudó a levantarse.

—¿Te has hecho daño?

Era demasiado delgada, pensó. Debería comer más.

—Estoy perfectamente –replicó Samantha–. Solo me he tropezado.

Parecía tan avergonzada que David hubiera querido darle un abrazo, pero se limitó a llevarla al sofá.

—Sam, no estás solo cansada, estás estresada.

—Como la mitad de la población del globo.

—Pero la otra mitad no lo está.

—Tú, por ejemplo. Pues qué suerte tienes

—Estás cansada, no tienes tiempo libre, no duermes lo suficiente, no comes lo suficiente. ¿Dónde crees que va a llevarte todo eso? –preguntó David.

—A un título universitario, un trabajo mejor, más dinero, una casa, la universidad para mi hijo...

—Si vives hasta entonces.

Sam apartó la mirada y David se dio cuenta de que estaba a punto de ponerse a llorar. Pero no lo hizo.

—No te metas en mi vida.

—Yo admiro a la gente ambiciosa, pero tú trabajas demasiado. Todo el mundo necesita relajarse de vez en cuando.

–¿Ah, sí? ¿Y quién eres tú para decir eso? ¿Qué sabes de mi vida?

–Lo suficiente –contestó él, recordando el infierno por el que había pasado, los años en los que trabajaba doce horas diarias para olvidar–. Te vas a poner enferma si sigues así.

–No voy a ponerme enferma. Estoy muy sana.

–¿Qué habría de malo en dejar algunas asignaturas para septiembre?

–¡No puedo hacer eso! En mayo cumplo treinta años, tengo un hijo que debe ir a la universidad y te agradecería mucho que no te metieras en mis cosas –exclamó Sam, levantándose. Pero David la tomó del brazo.

–Solo trato de ayudarte. ¿Qué hay de malo en eso? Te portas como si fuera tu enemigo.

–Suéltame –dijo Samantha, temblorosa.

Se miraron a los ojos durante unos segundos cargados de tensión. En los de ella había algo... ¿miedo?

–Sam, no soy tu enemigo.

Parecía tan asustada, tan vulnerable, que hubiera querido tomarla en sus brazos para darle calor.

–No –murmuró ella, como si hubiera leído sus pensamientos.

–Samantha...

–Por favor, déjame sola.

Cuando salió del salón, David no fue tras ella. Lo había estropeado todo. Debería hacerle caso, debería dejar de imponerle su presencia, pero... ¿por qué le resultaba tan difícil?

Pensó entonces en otras mujeres que había conocido a lo largo de su vida. No demasiadas, y ninguna que lo tocase tan adentro. Así todo era muy fácil. Vivía donde quería, trabajaba en otros países y le gustaba ser libre para hacerlo. Le gustaba mucho su trabajo, demasiado probablemente, y no había sitio en su vida para una relación sentimental. No quería esa complicación.

No quería sentir nada.

Entonces, ¿qué demonios estaba haciendo con Samantha?

Sam se quitó los zapatos, furiosa. David era presuntuoso e irritante. Invadía su espacio y metía las narices donde no tenía que hacerlo.

Al día siguiente llamó a Gina para decirle lo insoportable que era David McMillan.

–El amor es así –suspiró su amiga.

–Qué tonterías dices.

Ella no estaba enamorada. Seguramente se sentía atraída por él, pero nada más. Además, David se marcharía a México en octubre. Era absurdo pensar en él.

–Podrías tener una aventura de verano –sugirió Gina–. Pásalo bien, mujer. Te mereces un poquito de diversión.

Gina era tonta. Una aventura con David... qué pesadilla.

Cuando volvió a casa, Samantha se quitó la ropa y la tiró sobre la cama, enfadada. Seguía pensando en el asunto. David le decía lo que tenía que hacer, cómo debía vivir, qué comer, qué ponerse, qué clase de trabajo debía aceptar. Le decía que dejase algunas materias para septiembre...

Como Jason.

Ella había hecho lo que Jason quería: dejar la universidad, tener un niño. Y después él la abandonó.

Nunca más volvería a hacer lo que un hombre le pedía.

Abriendo el grifo de la ducha, se metió debajo e intentó calmarse un poco.

Ella tenía un montón de objetivos, pero el primero debía ser: ALEJARSE DE DAVID.

Era más fácil decirlo que hacerlo, claro. Aquella mañana, un hombre de pelo rubio y piercing en la nariz entró en la tienda con un enorme ramo de flores.

–¿Samantha Bennett?
–Sí, soy yo.
–¿Dónde las pongo?
–Pues... ahí mismo –contestó ella, atónita.
Dentro del ramo había una tarjeta:

He pensado en ti esta mañana y se me ha ocurrido enviarte unas flores para que recuerdes las cosas bonitas de la vida.
David

Samantha estuvo mirando las flores durante todo el día: eran unas exóticas, preciosas, de delicados colores. Durante todo el día respiró aquel delicioso aroma que la llevaba a olvidadas fantasías y sueños escondidos.

«Las cosas bonitas de la vida». Un paseo a la luz de la luna, amor, romance, besos. Y luego otras imágenes aparecieron en su mente: México, palmeras, mercados llenos de color, ruinas mayas. Había visto fotografías de México y se imaginó a sí misma en una playa dorada, con David, tomando algo servido en un coco, sin hacer nada más que dejarse emborrachar por el sonido de las olas.

Ella, Samantha Bennett, sin hacer nada más que estar tumbada en la playa. Ridículo.

Pero maravilloso.

David arrancó la furgoneta. Había hecho muchas cosas aquel día, pero era hora de volver a casa. Entonces miró su reloj. Tenía que enviar varios correos electrónicos, pero antes pensaba darse una buena ducha.

Estaba agotado y sudoroso, pero le gustaba el trabajo al aire libre. Una imagen de Sam en aquella oscura oficina apareció entonces en su mente. Pensó en las flores que le había enviado por la mañana, esperando que le alegrasen el día.

Flores. No había sido muy original, pero fue lo único que se le ocurrió. Lo que Sam necesitaba era alejarse de esa tienda, alejarse de los libros y de su obsesión por hacerlo todo perfectamente.

Una idea daba vuelta en su cabeza; era una idea absurda, claro. Incluso podría ser ilegal. Pero lo atraía porque era audaz. Y, con un poquito de ayuda, podría conseguirlo.

Samantha lo odiaría por ello. Quizá nunca lo perdonaría.

Claro que lo perdonaría. Era una mujer. Él le explicaría, le mostraría...

David sonrió. Era una idea estupenda. Tomando el móvil, marcó un número de teléfono.

—Quiero darte las gracias por las flores. Son preciosas —le dijo Sam, por la noche.

Había música de fondo; un hombre y una mujer estaban cantando algo muy sensual. Samantha empezaba a preguntarse si David ponía aquella música todas las noches para intentar seducirla.

—Me alegro de que te hayan gustado. Y espero que te recordasen las cosas bonitas de la vida —sonrió David—. Ya sabes, las estrellas, la luna...

Besos, abrazos, caricias. El corazón de Samantha empezó a latir acelerado.

—Es agradable tener algo bonito en la oficina.

—Siéntate, anda. ¿Quieres una copa?

—No, gracias. Tengo que estudiar —contestó ella. David hizo una mueca—. ¿Por qué te tomas tantas molestias conmigo? ¿Por qué insistes?

—Porque me duele verte tan cansada. Me recuerdas a mí mismo hace años... Además, me gusta provocarte.

—Y crees que si estuviera menos preocupada por mis estudios tendría más tiempo para «jugar» contigo, ¿no?

Él soltó una carcajada.

—Pues sí, no me importaría nada «jugar» contigo.

Samantha respiró profundamente.

—Quiero que entiendas una cosa: yo no quiero jugar contigo, David.

—A lo mejor no sabes lo divertido que podría ser.

—Claro que lo sé. Tú eres... muy atractivo y seguro que tienes experiencia con las mujeres, pero pasarlo bien no entra en mi programa.

—No tienes tiempo, claro.

—Eso es.

—A veces hay que ser flexible y buscar tiempo para eventos inesperados. Seguro que eso está en tu programa de dirección de empresas.

Estaban demasiado cerca y Sam dio un paso atrás, nerviosa.

—No puedo permitirme el lujo de tener una aventura, lo siento. Estoy segura de que sería maravilloso, que me invitarías a cenar, que me llevarías a sitios estupendos, que daríamos paseos a la luz de la luna... pero el precio sería demasiado alto.

«Y yo no puedo permitir que me rompas el corazón».

—Hablas como un contable: «lujo, precio». Yo estaba hablando de conocernos mejor, de disfrutar del momento, de pasarlo bien.

—Ya me imagino lo que es para ti pasarlo bien...

David la silenció con sus labios. El gesto la tomó por sorpresa y, sobre todo, la tomó por sorpresa que fuera tan apasionado, tan exigente. No pudo hacer nada. Ocurría, estaba ocurriendo. Quería apartarse, pero le gustaba demasiado. No era justo.

Él se apartó unos centímetros, sin dejar de besarla en el cuello, en el lóbulo de la oreja...

—¿Sabes que las caricias y los besos son muy buenos para el sistema inmunológico?

Samantha lo miró, perpleja.

—¿Y tú sabes que yo no pienso tener una aventura contigo?

Después, se dio la vuelta y salió del salón, intentando no escuchar la música, intentando no pensar en David, haciendo uso de toda su fuerza de voluntad para no echarse en sus brazos y decirle que también ella deseaba una aventura, fueran cuales fueran las consecuencias.

Una vez en su habitación, se miró al espejo.

—Eres tonta. Muy bien, sabe besar... pero eso no significa que vayas a enamorarte de él. Tú no quieres tener una aventura con David McMillan. Es demasiado conveniente para él. Se pasará el día construyendo su cabaña y las noches en la cama contigo. Qué arreglo tan estupendo, ¿no?

Ella no quería ser un juguete para nadie. Un juguete que David olvidaría cuando tomase un avión con destino desconocido donde, por supuesto, encontraría otro entretenimiento.

David McMillan, tan encantador, tan guapo, que besaba tan bien. Samantha enterró la cabeza en la almohada. ¿Por qué él? ¿Por qué en aquel momento?

Todo estaba en silencio cuando Samantha volvió a casa una tarde, a la semana siguiente.

Sus clases se habían cancelado debido a un fallo en el aire acondicionado de la facultad y, aunque eran las seis, David no estaba en casa.

Otro ramo de flores había llegado a la tienda aquella mañana, acompañado de una nota:

Mira estas flores y recuerda: la vida es mágica.
David

Experimentaba una sensación de peligro, de emoción, al saber que él la estaba persiguiendo. No debería aceptar sus flores, no debería aceptar nada de David. Sin embargo, era maravilloso provocar ese deseo en un hombre. Nunca le habían enviado flores y en ello había algo muy romántico.

–Por favor... no seas tan ingenua –se dijo a sí misma–. Solo está intentando meterse en tu cama.

Tenía la tarde libre, pensó entonces. Bueno, no libre del todo porque había muchas cosas que hacer, pero al menos se ahorraba las clases. Podía ir a dar un paseo por el bosque, se dijo. Un largo y saludable paseo. Ya no hacía tanto calor y necesitaba hacer un poco de ejercicio.

Necesitaba movimiento, aire... no sabía qué. Quizá un poco de libertad. Una avioneta pasó por encima de su cabeza y pensó lo maravilloso que sería poder volar. Sam sonrió ante aquel pensamiento tan infantil.

Paseaba sin un destino en particular, siguiendo el camino, pero de repente se encontró en la parcela de David. Eso la sorprendió. No había pensado ir, pero allí estaba. Asombroso.

Y allí estaba David, en vaqueros, con el torso desnudo, golpeando unas vigas de madera.

Su corazón dio un salto al verlo. Estaba de espaldas a ella y lo observó sin hacer ruido. Observó sus ágiles movimientos, los músculos de su espalda, la flexión de sus bíceps. Se movía con confianza, con seguridad, hermosísimo a la luz del atardecer, todo fuerza y virilidad.

No debería estar allí, mirando como una adolescente, pero no podía evitarlo. No estaba muerta,

¿no? Tenía veintinueve años y que un hombre como David la dejase fría sería muy raro. Pero lo que la preocupaba de verdad era que la atracción que sentía por él fuera más que física.

Había algo muy atractivo en David McMillan, algo que no tenía nada que ver con sus hombros anchos ni con sus músculos.

«Las cosas bonitas de la vida».

Samantha cerró los ojos un segundo. «¿Estoy loca? ¿Qué hago aquí, mirándolo? Vete a casa, haz algo productivo».

Cuando abrió los ojos, él estaba saltando desde una viga con la facilidad de un atleta.

Y entonces la vio.

−¿Sam? ¿Ya has vuelto de clase?

Su voz, su sonrisa, le llegaron directamente al corazón, al sitio donde estaban las fantasías y los sueños, el sitio que ella intentaba proteger a toda costa.

−Han cancelado mis clases −dijo, mirando su torso desnudo.

−Qué suerte. Ven, te enseñaré mi castillo.

David le señaló dónde estarían la cocina, el salón, el porche, la chimenea. La escalera llevaba hasta un despacho o un dormitorio para invitados, no estaba seguro.

−Vas muy rápido −sonrió Samantha.

−Tengo ayuda y trabajo todos los días.

Le gustaba oírle hablar sobre la casa porque había mucha ilusión en su voz. Evidentemente, le entusiasmaba aquel proyecto.

−Pensé que te interesaban más los puentes y las carreteras.

−Esto es una diversión, en realidad. Nunca había

construido una casa y me apetece vivir en un sitio que he hecho con mis propias manos. Una emoción primitiva, ¿verdad?

Sam sonrió.

—Me gusta —su corazón latía acelerado, también a causa de primitivas emociones—. Pero no piensas instalarte aquí definitivamente, ¿verdad?

—No lo sé. Pero me gusta la idea de tener un hogar —contestó él.

David se quedó en silencio, con una expresión rara. ¿Tristeza? ¿Dolor? Pero entonces sacudió la cabeza, como apartando un amargo recuerdo.

—¿Has cenado?

—No, todavía no.

—Entonces te invito.

Debería decirle que no. Pero, ¿qué mujer en su sano juicio diría que no a la invitación de un hombre como David McMillan?

Una mujer sensata, pensó Samantha.

—Vamos al Au Gourmet. Comida francesa.

—No he dicho que sí —replicó ella, haciéndose la dura.

—¿Por qué no? Tienes tiempo, te conviene una buena cena y tendrás mi interesante conversación para entretenerte.

Samantha intentó no sonreír. Pero le resultaba difícil.

—Eres insufrible.

—¿De verdad? Nadie me lo había dicho. Creo que eres tú quien me hace insufrible.

—¿Ah, sí? Estupendo, échame a mí la culpa. ¡Ahora sí que no voy a cenar!

—Por favor...

Sam no quería ser sensata, quería disfrutar de la vida, dejarse llevar. Estaba harta de trabajar tanto, de estudiar tanto. Aparte del día que la invitó a comer, hacía años que no comía en un buen restaurante.

Quería ser libre, ser feliz, divertirse... y comer bien.

Y pasar un rato con David McMillan, aunque la sacase de quicio.

Su sentido común intentaba convencerla de que salir con él era mala idea. Muy mala idea.

–Muy bien –dijo, sin embargo–. Estaré lista dentro de una hora.

Capítulo 6

SAMANTHA fue corriendo a casa, sintiéndose libre y feliz. Casi como si estuviera volando.

Abrió el armario y buscó frenéticamente algo que ponerse, algo muy femenino y elegante. Pero uno de los vestidos le quedaba demasiado grande, otro estaba anticuado y el tercero era un vestidito de flores que la hacía parecer una cría.

Qué desesperación. Iba a cenar con un hombre guapísimo en un restaurante francés donde seguramente habría un montón de tenedores y cuchillos que no sabría usar. Tendría que observarlo a él. Y el vino. No sabría cuál pedir...

—¡Por favor!

David sabía que ella no era una mujer rica y sofisticada, con un armario lleno de ropa de diseño y experiencia comiendo en restaurantes de cinco tenedores. Y si no lo sabía, era tonto.

Entonces, ¿qué podía ponerse? Si fuera un poquito más alta buscaría en el armario de Susan. Su amiga tenía un montón de ropa, pero Samantha estaba segura de que no le valdría nada.

Una falda y una blusa entonces. No tenía otra cosa. Eligió una falda de color crema y una blusa negra. El negro era un color elegante.

¿Bisutería? Tampoco tenía mucha... ¡el collar de su bisabuela!

Nunca se lo había puesto. Era antiguo, raro, de la India, con un colgante en forma de pavo real que quedaría muy bien con la blusa. Si tenía valor para ponerse algo tan exótico.

¿Por qué no?, se dijo a sí misma. Una noche era una noche.

Por supuesto, David se fijó en el colgante. Era imposible no verlo. De modo que Sam le contó la historia de su bisabuela, que era inglesa y estuvo prometida con un joven oficial destinado en India. Él fue quien le regaló el colgante. Pero el pobre murió a causa de la mordedura de una serpiente. Su bisabuela se casó años después con otro hombre y emigraron a Estados Unidos, donde pensaban hacer fortuna, aunque no fue así. En lugar de dinero hicieron niños, doce en total.

David le contó la historia de uno de sus antepasados, que había sido pirata en el Caribe, y a Samantha le pareció muy divertido.

El restaurante era muy lujoso, pero no estaba nerviosa porque charlando con David se le olvidó que aquel no era su ambiente. El primer plato fue una deliciosa ensalada de queso de cabra con espinacas y, afortunadamente, Sam no tuvo problemas eligiendo tenedor.

Le habló de Jason, le dijo que la había abandonado cuando tuvo a Kevin. Quería que lo supiera, aunque no sabía por qué.

—¿Te dejó con un niño recién nacido?

–Así es. Por lo visto, estaba harto de oírle llorar.

Eso, después de haberla convencido para que dejase la universidad y tuviera a Kevin.

–Qué sinvergüenza.

–¿Tú has estado casado alguna vez?

–Sí, hace mucho tiempo –contestó David.

Esa respuesta la sorprendió. Y también le sorprendió su expresión, hermética.

Quizá tuvo un largo y desagradable divorcio y no quería recordarlo. Era comprensible.

El camarero llegó entonces con el Chateaubriand, que David había pedido para los dos.

–Qué buena pinta.

–*Bon appetit* –sonrió él. Afortunadamente, sus ojos habían vuelto a recuperar la alegría.

Sam disfrutó del Chateaubriand, que no había probado hasta entonces, y del vino. Le gustaba estar en aquel sitio tan elegante. Debía ser maravilloso poder vivir una vida de placeres, sin prisas, sin problemas de dinero.

Mientras tomaban unas peras al coñac de postre, David le habló de su infancia. Por lo visto, fue un niño lleno de energía y le gustaba mucho estar al aire libre, como a Kevin.

–Mi amigo Corky y yo solíamos construir diques, fuertes, puentes de madera... y fantaseábamos con la idea de ser espías o piratas. Era estupendo.

–Y mírate ahora, haciendo puentes de verdad.

–¿Y tú? ¿Qué querías ser de niña?

Sam se encogió de hombros.

–Tenía las fantasías normales: ser enfermera, maestra... ah, y también quería casarme y tener un montón de hijos.

–¿Y cuando fuiste un poco mayor, en el instituto?

Seguramente, David esperaba que hubiese tenido grandes ambiciones, pero no era así. Ella nunca quiso ser médico, astronauta o concertista de piano. Siempre había querido ser profesora y tener muchos niños.

–Igual.

«Y aquí estoy», pensó, mirando su plato. «Viuda, con un hijo y con el derecho mercantil atragantado».

Y, sin embargo, seguía soñando con tener una gran familia. Un sueño poco habitual en el siglo XXI, cuando las mujeres tenían carreras universitarias y desarrollaban su talento fuera de casa.

Además de ser profesora, Samantha soñaba alguna vez con tener más niños para que Kevin no estuviese solo. Soñaba con poder disfrutar de su hogar, jugar con sus hijos, decorar la casa. Quería besos, risas, un marido enamorado...

–¿Sigues queriendo tener muchos niños?

–Es un poco tarde para eso. El año que viene cumpliré los treinta.

Por no hablar de la falta de marido o de dinero.

–Sí, claro, eres una anciana –rio David–. Estás decrépita.

–No tiene gracia.

–Yo creo que sí. Eres muy graciosa, Samantha.

Sam no lo veía así. No le gustaba que se riese de ella. De repente, sin que pudiera evitarlo, sus ojos se llenaron de lágrimas y tuvo que levantarse de la silla.

–Perdona.

Fue casi corriendo al lavabo y se echó un poco de agua fría en el cuello. Había leído en alguna parte que eso servía para calmar los nervios. ¿Qué le pasaba? Ella no era una damisela histérica, pero últimamente tenía muchas ganas de llorar.

Era vergonzoso.

Una vez quiso ser profesora, quiso tener un marido y muchos hijos. Sueños de juventud, nada práctico, nada real. La vida no suele dar lo que uno sueña. Ya no tenía veinte años y hacía lo que podía, sencillamente.

Intentando recuperar la compostura, se miró al espejo por última vez y salió del lavabo. David la estaba esperando en la puerta.

—¿Nos vamos? —le preguntó, sorprendida.

—Pensé que querías irte.

—No, no, estoy bien.

Él la miró durante unos segundos, pensativo.

—Podemos tomar café en otro sitio, si quieres.

—No, gracias. No tomo café por las noches.

Veinte minutos después estaban de vuelta en casa.

—Perdona, no quería herir tus sentimientos —se disculpó David.

—No pasa nada. Evidentemente, tú y yo no vemos la vida de la misma forma —intentó sonreír ella—. Pero la cena ha sido estupenda. Y, además, hoy no tengo que fregar los platos.

Durante la cena, había notado que cedían las barreras que había entre ellos, pero allí estaban de nuevo.

Y, de repente, Samantha experimentó una sensación de pérdida.

David tiró la chaqueta sobre la silla y se quitó la corbata de un tirón. No podía creer que hubiese metido la pata en el restaurante. No quería hacerle daño, solo estaba bromeando... pero Samantha estaba estresada y era una persona muy frágil.

Irritado consigo mismo, se puso un bañador y salió a la piscina para hacer unos largos, pero no podía dejar de pensar en ella.

Aunque fuerte y competente, los ojos de Sam se llenaron de lágrimas solo porque él había bromeado sobre su preocupación por la edad. Estaba asustada e intentaba disimular, pero no podía hacerlo. Y él deseaba darle alegría, hacerla feliz...

Entonces pensó en el plan que había puesto en acción.

¿En qué se estaba metiendo? Pero tenía que hacerlo. No podía quedarse de brazos cruzados mientras Samantha se destruía a sí misma.

Sam miró las flores que David le había enviado el día anterior. Preciosas, mágicas. Suspirando, cerró los ojos. Ella no tenía tiempo para magia.

En ese momento sonó el teléfono.

—¿Dígame?

—¿Cuál es tu número de pie? —preguntó Gina, sin molestarse en darle los buenos días.

—El treinta y siete.

—¡Perfecto!

—Gracias. ¿Puedo saber por qué lo preguntas?

—No te lo vas a creer. ¿Te acuerdas de mi cuñada, la reina del glamour?

—¿Pauline?

—La misma. Ha limpiado su armario y me ha traído las cosas que no quiere, como si yo fuera la pariente pobre... que lo soy. Ojalá pudieras verme entre este montón de ropa de diseño... ¡no he tenido más modelos en toda mi vida! ¡Qué digo! No los habría tenido ni en siete vidas.

–Qué suerte.

–Ya, pero yo estoy todo el día de uniforme. Además, ha traído cosas de diferentes tallas porque se pasa la vida haciendo régimen. ¿Por qué no te tomas un par de horas libres y vienes a echar un vistazo? A lo mejor te gusta algo... por si sales con el David de Miguel Ángel.

–Salí con él ayer. ¿Dónde estás cuando te necesito?

–¿Saliste con él? ¡Genial! Ahora definitivamente tienes que venir y contármelo todo, hasta los detalles más escabrosos.

Sin pensarlo dos veces, Sam se levantó de la silla, dejó una nota para su abuelo y cerró la tienda. Era la primera vez que lo hacía. Salir a cenar con David, marcharse a media mañana del trabajo así porque sí... empezaba a darse miedo a sí misma.

«Me da igual», pensó, entrando en el coche.

–¡Has venido! –exclamó Gina al verla.

Su amiga tenía el pelo corto, los ojos grises y una expresión perpetuamente alegre.

–Ya te dije que vendría.

–No sabes cuánto me alegro de que hayas sido un poco irresponsable por primera vez en tu vida. ¡Estoy muy orgullosa de ti! Ven, voy a hacer café.

Se probaron los vestidos, tomaron café con pastas y cotillearon sobre todo. Era como ser joven otra vez, sin preocupaciones, con toda la vida por delante. Sam no recordaba la última vez que lo había pasado tan bien.

Gina estaba en ese momento paseándose con un vestido de gasa blanca.

–Parezco un hada. Si tuviese una varita mágica, podría hacer realidad todos tus deseos –sonrió, dando vueltas frente al espejo–. A ver, Sam, dime cuál es tu deseo.

–No quiero ver un libro de contabilidad en la vida. No quiero ir a otra clase de derecho mercantil...

–No, no, dime lo que quieres. Dime cuál es tu fantasía –la interrumpió Gina.

–Quiero ser una diosa doméstica –contestó Samantha.

–Puaj.

–Quiero ser un genio en la cocina, una madre maravillosa, una amante de cine, todo eso. Quiero hacer pan, tocar el piano mientras mis siete hijos cantan conmigo, llevar ropa ancha y cómoda y que mi marido sea un príncipe absolutamente enamorado de mí. Y si le cuentas esto a alguien, te mato.

–Soy una tumba –rio Gina–. ¿De verdad quieres hacer pan?

–Sí. ¿Qué pasa?

Sam volvió a la tienda con una sonrisa en los labios. En el asiento trasero del coche había una bolsa llena de ropa, zapatos y perchas.

Sentada frente a su escritorio, volvió a mirar las flores de David. Magia. Bueno, quizá la magia existía después de todo.

Su abuelo llegó a la una y después de saludarla

entró en su despacho, lleno de catálogos, muestras de tela y revistas del sector.

Samantha dejó escapar un suspiro. Parecía cansado, deprimido. Y seguía fumando esos puros que el médico le había prohibido.

—¿Puedo pedir cita con el doctor Miller?

—No necesito ver a ningún médico. Yo sé lo que me pasa.

—¿Qué?

Su abuelo sonrió.

—Que soy viejo, cariño. Para eso no hay cura.

Había un deportivo rojo aparcado frente a la casa cuando Sam llegó por la noche. Y lo primero que vio al entrar en la cocina fue un par de carísimos zapatos de tacón tirados bajo la mesa. Y dos copas de vino. Una de ellas tenía una marca de carmín.

Una mujer. Había una mujer en la casa. Se le hizo un nudo en el estómago.

Aquello era una locura, pensó. ¿Qué le importaba a ella que David estuviera con otra mujer? No era asunto suyo. Quizá era su hermana... no, no tenía hermanas.

Quizá era justo lo que pensaba. Quizá había conocido a una mujer guapa y deseable. Alguien que tenía tiempo para pintarse los labios y dinero para comprarse unos zapatos caros.

No había nadie en el salón y cuando vio luz por debajo de la puerta del dormitorio de David se sintió enferma.

Entró en su cuarto y se dejó caer sobre la cama,

con una mano en el corazón. Había una mujer en el dormitorio de David y ella quería morirse.

¿Cómo podía hacerle eso? ¿Cómo se atrevía a jactarse de sus conquistas cuando estaban compartiendo casa?

Sam cerró los ojos. No sabía por qué, pero la verdad era que le dolía mucho.

Entonces oyó voces en el pasillo, la voz de David y una voz de mujer. Quizá tenían hambre después de «hacer ejercicio». No quería oírlos, de modo que entró en la ducha y se quedó bajo el agua durante largo rato, intentando calmarse. Una vez en la cama, encendió la radio para oír música clásica y, milagrosamente, se quedó dormida.

Cuando sonó el despertador a las cinco, la casa estaba en silencio. Sam intentó estudiar, pero no podía dejar de pensar en David, con una mujer entre sus brazos. A las siete y media salió de su cuarto, esperando no encontrarse con nadie.

Pero no tuvo suerte.

Cuando estaba en el pasillo, una mujer salió del dormitorio de David. Era joven, alta, preciosa, con el pelo negro.

Por supuesto. David McMillan no elegiría una mujer vieja y fea para pasar el rato.

–Hola –dijo la joven.

Sam hubiera deseado que se la tragase la tierra.

–Hola.

–Tú debes de ser Samantha.

Tenía una voz suave, muy sexy. Y unas uñas perfectas.

Y Sam no pensaba quedarse charlando con ella.

De modo que murmuró una despedida y prácticamente salió corriendo.

Durante todo el día solo pudo pensar en David haciéndole el amor a aquella chica tan guapa y tan sofisticada. Qué idiota era por pensar en él. Qué suerte haber sabido qué clase de hombre era antes de... ¿antes de qué?

Entonces tomó las flores y las tiró a la basura. ¡A la porra David McMillan y sus regalos!

No estaba de humor para pensar en magia, ni en las cosas bonitas de la vida.

Le apetecía muy poco ir a casa aquella noche, pero no tenía alternativa. Y no pensaba dejar que el comportamiento de David la afectase. Cinco minutos después de llegar, cuando estaba en la cocina, tomando un yogur y leyendo el periódico, oyó que se abría la puerta.

Su horóscopo decía que iba a recuperar algo que había perdido. Pero como ella no había perdido nada, no entendió el significado. Además, sugería que tomase unas vacaciones. Genial, el mundo entero parecía estar diciéndole que se relajase.

Oyó la voz de David y luego la voz suave de la chica del día anterior. Y, de nuevo, su corazón se encogió.

Pero empezó a dar saltos al ver a David, con unos pantalones de color crema y una chaqueta azul marino. La chica parecía una modelo, con un vestido de seda y unas sandalias de tacón. El cabello oscuro destacaba sus perfectas facciones y las sandalias acentuaban sus largas y torneadas piernas.

Hacían una pareja perfecta.

–Hola, Sam. Me alegro de verte. ¿Dónde te has metido esta mañana?

Se había marchado sin desayunar, sin una taza de café siquiera.

–Salí corriendo porque tenía mucha prisa.

Con la faldita azul y la blusa blanca se sentía como una criada al lado de aquella chica.

–Te presento a Tara, mi prima. Espero que no te importe si se queda aquí unos días.

¿Su prima? Por favor... ¿pensaba que era imbécil?

–Nos conocimos esta mañana, en el pasillo –sonrió la joven.

–Encantada de conocerte, Tara. Vaya, salen McMillan de todas partes, ¿eh? –dijo Sam, sin poder disimular su fastidio–. Bueno, me voy a dormir.

–¿No tienes tiempo para una copa de vino?

–No, gracias.

¿De verdad pensaba que iba a quedarse allí en la cocina, tomando una copa de vino mientras ellos hablaban sobre las subidas y bajadas de la Bolsa o sobre lo que hablasen los ricos?

Apenas había entrado en su habitación cuando alguien llamó a la puerta.

–¿Samantha?

Apretando los dientes, Sam abrió la puerta. David entró sin esperar invitación.

–¿Se puede saber qué te pasa?

–¿Qué me pasa a mí? Eso debería preguntarlo yo. Aunque, por supuesto, ya sé lo que pasa.

–¿Ah, sí?

–No es precisamente muy discreto traer una mujer cuando estamos compartiendo casa, ¿no te parece?

–Es mi prima.

–Por favor... ¿crees que soy tonta?

David la miró durante largo rato sin decir nada.

–No estarás celosa, ¿verdad?

–¿Yo? En absoluto. Lo que pasa es que tu comportamiento me parece vergonzoso. ¡No puedes soportar que yo no caiga en tus brazos, así que te traes una fresca para restregármela por las narices!

Él soltó una carcajada.

–¿Te parece gracioso?

–Sí, me parece muy gracioso.

A David McMillan todo le parecía gracioso: su miedo de ser vieja, su deseo de conseguir un título universitario... Todo lo que ella decía le hacía una gracia tremenda.

–Vete de aquí –le ordenó, temblorosa–. ¡Vete de mi habitación ahora mismo!

Capítulo 7

DAVID no se movió ni un centímetro, los pies anclados al suelo como si estuviera en su propia habitación.

—Fuera de aquí —repitió Sam, intentando controlar la rabia.

—Aún no. Samantha, cálmate, ¿quieres? Te estás poniendo furiosa por nada.

—¡No estoy furiosa!

—Sam...

—¡Que me dejes en paz!

—No.

—¿Qué es lo que quieres, David?

—Quiero que me escuches. Y luego me marcharé. Ella se cruzó de brazos.

—Muy bien.

—Tara es mi prima. Crecimos juntos. Su padre, mi padre y el padre de Andrew son hermanos. Se ha ido de casa y no quiere que su marido la encuentre, por eso ha venido aquí.

Podría estar mintiendo. O quizá no.

—¿Por qué no quiere que la encuentre su marido? No, no, déjalo, no es asunto mío.

—Porque se ha gastado su dinero —contestó David—. Es un ludópata que se niega a recibir tratamiento psicológico. Tara ha decidido divorciarse y él no está dispuesto a cooperar. Por eso va a quedarse aquí, hasta que su abogado lo arregle todo.

—Lo siento.

—Tara es una chica dura y sabía que esto iba a pasar tarde o temprano.

—Pensé que...

—Ya sé lo que has pensado —la interrumpió David.

—Esta mañana la vi saliendo de tu dormitorio.

—Porque está durmiendo allí. Yo he dormido en el sofá del despacho.

Podría haber dormido en el cuarto de Susan y Andrew, pero también él parecía creer que ese era terreno privado.

De modo que estaba equivocada sobre Tara... era su prima de verdad. Y ella había tenido celos. Unos celos absurdos.

—Siento haberme enfadado.

—Yo no. Me anima mucho —sonrió David, levantando su barbilla con un dedo—. Me alegro de que no seas tan indiferente como quieres aparentar.

Samantha dio un paso atrás.

—No digas bobadas.

—Tienes que disfrutar de la vida, Sam. Tienes que reírte, pasarlo bien...

—Y acostarme contigo, ¿no?

—Eso también. Quiero llevarte a bailar, a navegar. Y quiero hacerte el amor sobre la hierba.

—¿Rodeados de mosquitos? No, gracias.

David soltó una risotada.

—Ya encontraré la forma.

—¿Cómo?

—Encontraré la forma de rescatarte, de hacerte

reír, de hacerte el amor apasionadamente... en una cama, en la playa o sobre la hierba.

—No es tan sencillo –replicó Samantha.

—No tiene por qué ser complicado –dijo él, inclinando la cabeza para rozar sus labios–. Esto no es complicado, ¿verdad?

—Quizá no lo es para ti, pero yo no me acuesto con cualquiera solo porque sea divertido.

Sam deseaba que la quisieran, deseaba ser feliz. Y deseaba no tener tanto miedo de que volviesen a abandonarla.

Pero David no la haría olvidar ese miedo. Para él, solo sería una aventura pasajera.

Y ella quería olvidar, aunque fuera por una noche. Estaba cansada de tener miedo, de preocuparse por el futuro. Quería placer, felicidad, libertad.

Pero no quería el dolor que, sin duda, llegaría después.

—Por favor, vete –dijo en voz baja.

—Parece que no se ha alegrado mucho de verte –sonrió Tara–. La he oído gritar desde aquí. ¿Qué has hecho para que se callara, ponerle una almohada en la cabeza?

—Le he dicho la verdad –contestó David.

—¿Qué verdad?

—Que tú no eres una fresca.

Tara soltó una risita.

—¿Y te ha creído?

—Por supuesto.

—Le ha dolido verme aquí, ¿no?

—Le ha dolido pensar que dormíamos juntos.

—¿Está celosa?

—Más bien enfadada porque he traído una mujer a casa. Aunque ella no deja de decir que no está interesada en mis atenciones.

—Ah, horror. Eso es malo para tu ego.

—Mi ego está perfectamente, gracias —rio David, tomando un sorbo de vino.

—Es muy delgadita.

—Normal. Lo único que hace es trabajar y estudiar... Si sigue así, se pondrá enferma.

—Como te pasó a ti—dijo Tara entonces.

David no quería pensar en aquel oscuro momento de su vida. Un momento en el que le daba igual vivir que morir. Una pesadilla que no quería revivir jamás.

—Quiero que Samantha se relaje, que disfrute de la vida.

No se atrevía a hablarle a Tara de su plan, aunque pronto tendría que pedirle ayuda.

—¿Vas en serio con ella?

—Pues... quiero ayudarla.

—Quieres rescatarla.

—Eso suena un poco dramático, ¿no?

—Pero es cierto.

David dejó escapar un suspiro.

—Sí, supongo que sí —murmuró, mirando hacia la ventana.

—Y Samantha no quiere que la rescaten. Quiere que te metas en tus cosas.

—¿Has hablado con ella? —bromeó David.

—No, pero me imagino lo que siente. Y supongo que, celosa o no, no está interesada en tener una simple aventura de verano.

–Yo no tengo aventuras de verano –replicó él, molesto.

–Entonces, ¿cómo debo llamarlo? ¿Una relación sin compromiso entre dos personas maduras?

–¿Y qué hay de malo en eso?

Tara se encogió de hombros.

–Nada, si es lo que los dos queréis. Pero creo que Samantha no quiere eso, David. Seguramente pensará que, al final, será ella quien pierda.

–¿Por qué?

–Por lo que me has contado, su vida no es precisamente fácil. Y entonces llegas tú, con tu dinero, con ganas de pasarlo bien...

–No eres justa, Tara. Yo no quiero aprovecharme de Sam.

–¿Debo recordarte que dentro de un par de meses te irás a México? Se está protegiendo a sí misma, nada más.

–Por favor... Hablas como si ya la hubiera dejado con el corazón roto.

–¿Vas a casarte con ella?

–¿Qué?

–Que yo sepa, no has vuelto a mostrar ningún interés en el matrimonio ni en compromiso de ningún tipo.

–No lo tengo.

–¿Te da miedo? –preguntó Tara entonces.

–Eso no sería lógico, ¿no te parece? –replicó David, sin mirarla.

–Pero sería muy comprensible. Lo que te pasó fue muy doloroso y es lógico que quieras protegerte...

–No me analices, Tara.

–Ha pasado mucho tiempo. No me digas que quieres seguir solo toda la vida, ir de un sitio a otro...

David se levantó, como dando por terminada la conversación.

–Me gusta lo que hago. Quiero ser libre y hacer lo que me apetece.

–Eso es lo que te dices a ti mismo.

–No voy a casarme otra vez, Tara. Nunca.

–Porque tienes miedo.

–Muy bien –suspiró él, apretando los puños–. Tengo miedo.

Se había equivocado.

Sam estaba cepillándose los dientes frente al espejo con el mismo vigor que ponía cuando fregaba el suelo de la cocina. Desde el salón, oía las voces de David y su preciosa prima.

David McMillan no era hombre para ella. Era demasiado sofisticado, demasiado rico, demasiado libre, demasiado todo.

Además, se marcharía del país en unos meses. Y seguramente tenía relaciones sentimentales en todas partes, relaciones que duraban lo que duraba su estancia. Nada más.

Y ella ya había pasado por eso. Estuvo enamorada y la abandonaron dejándola con un niño. Sin educación universitaria y sin dinero. Una vez era más que suficiente.

Pero no podía dormir. Estuvo dando vueltas durante horas, pensando en David, que estaría en el sofá del despacho. Hubiera querido ir allí y hacerle el amor apasionadamente, olvidándose de todo, olvidando lo que era más importante para ella: su independencia, su hijo, su futuro.

Pero no podía ser. Si se enamoraba de David acabaría con el corazón roto, sin planes, sin saber qué hacer.

«Tengo que concentrarme en lo que es importante para mí», se dijo a sí misma. «Tengo que concentrarme, tengo que concentrarme».

El ruido del mar era ensordecedor y el miedo lo mantenía paralizado. David observaba a Celia en la arena, con un vestido blanco, una mano sujetando el sombrero. Su rostro estaba en sombras, pero veía su cuerpo recortado contra la luz del atardecer. Podía ver su abdomen hinchado, aún no mucho, aunque ya era visible el embarazo.

De nuevo aquella sensación de estar sin aire, de tener los pies clavados en la arena, sin poder moverse, sin poder salvarla.

No podía respirar.

Entonces Celia empezó a correr hacia él, riendo. Su sombrero cayó al agua... y no era Celia, era Samantha.

Sam, que se echaba en sus brazos.

De repente, los pulmones de David se llenaron de aire y despertó, jadeando, cubierto de sudor, con el corazón a mil por hora.

Estaba lloviendo, una lluvia de verano que golpeaba furiosamente los cristales de las ventanas.

Aquel sueño... No había ni sol, ni mar, ni arena. Cuando ocurrió estaban en las montañas. Ella llevaba botas de campo y una gorra de visera. El sueño estaba equivocado.

Pero no era Celia. Era Samantha quien corría hacia él.

Por la mañana, cuando entró en la cocina, Sam se encontró con una escena muy familiar: Tara, en pantalón corto y camiseta, sacando una bandeja de bollos del horno. La mesa estaba puesta para tres, con tres vasos de zumo de naranja y tres tazas.

Tara no llevaba ni gota de maquillaje y, aunque seguía siendo preciosa, no era tan apabullante como la noche anterior.

–Buenos días, Sam. Espero que tengas ganas de desayunar.

–Buenos días –contestó ella, sorprendida. ¿Había hecho bollos caseros? Eso sí que era sorprendente–. ¿Los has hecho tú?

Tara se encogió de hombros.

–Me desperté temprano y como no tenía otra cosa que hacer... Espero que no te importe.

–No, claro que no. Además, esta no es mi casa.

–Pero vives aquí. Bueno, también he hecho tortilla francesa de queso y jamón, por si te apetece.

David entraba en ese momento en la cocina.

–Qué hambre tengo. ¿El desayuno está listo?

–Sí, señor –sonrió Tara–. Sírvase usted mismo.

Resultaba difícil odiar a Tara. En realidad, era una chica encantadora, descubrió Samantha durante los días siguientes. No pedía nada, cocinaba de maravilla y era muy simpática. Cuando volvía de clase, se encontraba siempre con la cena hecha y, además, su presencia en la casa hacía que la relación con David fuera menos tensa. Aunque él seguía mirándola con una intensidad que despertaba anhelos dormidos.

El sábado, después de cenar, Tara le pidió a Samantha que fuese a dar un paseo con ella. David estaba encerrado en el despacho hablando por teléfono y no daba señales de que fuese a terminar pronto.

–Debería hacer más ejercicio –dijo Sam, respirando el fresco aire del anochecer–. Pero es que no tengo tiempo.

–Cuando consigas el título universitario, podrás relajarte un poco, ¿no?

–Eso espero. Pero no me des una charla, por favor. David no para de hacerlo –replicó Samantha.

Tara soltó una carcajada.

–Muy bien, nada de charlas.

Cuando llegaron a la cabaña, Sam comprobó que David había hecho progresos. Las paredes ya estaban levantadas y empezaba a tomar forma. Iba a ser un sitio precioso.

–Es estupendo que esté construyendo esta casita –comentó Tara–. Es un principio.

–¿De qué?

–Lleva mucho tiempo yendo de un lado para otro y construir esta cabaña puede ser una señal de que, por fin, quiere algo permanente.

–¿Por qué va de un lado para otro? –preguntó Samantha.

Tara miró hacia atrás antes de contestar:

–Yo creo que está huyendo de sí mismo.

Parecía incómoda. Quizá temía haber dicho algo que no debería.

Pero David no parecía un hombre que huía de sí mismo, todo lo contrario. Aunque, en realidad, ella apenas lo conocía.

Cada tres o cuatro días llegaba un ramo de flores a la tienda. Todos ellos preciosos y todos con una nota.

–No tienes por qué seguir enviándome flores –le dijo una mañana, antes de irse a trabajar. Tara ya se había marchado y David estaba haciendo huevos revueltos.

–Tengo una buena razón para enviarte flores.

–Lo sé, lo sé. Para recordarme que la vida está llena de cosas bonitas –replicó Sam, dejándose caer sobre la silla–. Deja de mandarme flores, por favor. Me hace sentir incómoda.

Y David dejó de enviarle flores. En cambio, le envió una caja de bombones suizos tan extravagante que Sam se quedó mirándola durante cinco minutos, atónita.

¿Qué podía hacer? ¿Pedirle que tampoco le enviase bombones, devolver la caja, comérselos y luego exigir que no volviese a regalarle nada?

Ella era débil con el chocolate. Después de todo, si David quería gastarse el dinero a lo tonto... Además, podría decirle que había tirado la caja a la basura. Sí, claro, como que iba a creérselo.

Sonriendo, Sam eligió un bombón de aspecto delicioso. Estaba comiéndoselo cuando apareció su abuelo fumando un puro y, rápidamente, ella tapó los bombones para evitar que los contaminase con el humo.

Su abuelo le dio un papel con la cifra de ventas

del mes anterior, diciendo que debía haberse equivocado porque eran demasiado bajas. Pero le decía aquello todos los meses.

–No me he equivocado.

–Entonces, ¿qué pasa?

–Creo que es hora de enfrentarse con la verdad –contestó ella, sintiendo una terrible compasión por aquel hombre, que había abierto la tienda cincuenta años antes.

–¿Y cuál es?

–Que las grandes superficies nos han ganado la batalla, abuelo.

Él asintió.

–No te preocupes, cariño. Todo se arreglará.

El corazón de Sam latía como un tambor. Estaba en medio de la carretera, de noche, con Kevin en el asiento de atrás, llorando porque tenía hambre.

Estaba sola en el mundo, sin trabajo, sin educación, sin casa. Susan le había dicho que no podía seguir viviendo en la suya, de modo que Kevin y ella dormían en el coche.

Cada vez que buscaba un trabajo, la gente se reía de ella porque no tenía titulación y su experiencia en la tienda no valía para nada.

No tenía sitio donde ir, nadie que la ayudase. Y Kevin estaba llorando. Tenía hambre y a ella solo le quedaba un dólar. Y allí estaban, tirados en el arcén porque se había quedado sin gasolina.

Sin gasolina. Se había quedado sin gasolina, como Gina había predicho. Y ni siquiera tenía puestos los zapatos. ¿Dónde estaban sus zapatos?

No tenía zapatos.

Sam se despertó con los ojos llenos de lágrimas y un puño apretándole el corazón.

Había sido una pesadilla. La pesadilla de siempre.

Las tres y media, marcaba el despertador. Samantha se secó las lágrimas con la sábana. Solo había sido un mal sueño y sin embargo... no valía de nada decirse a sí misma que estaba a punto de conseguir el título, que tenía amigos y familia que la ayudarían siempre, que no estaba sola en el mundo, que trabajar para su abuelo era una experiencia importante y que, sin duda, encontraría un buen trabajo en el futuro.

Ella era una mujer competente, fuerte, seria, se decía. Pero nada podía ahuyentar el miedo que había provocado esa aterradora pesadilla.

–Qué tonta soy... –murmuró, levantándose de la cama.

Entró en la cocina para hacerse un té, pero estaba tan nerviosa que se le cayó la taza al suelo. Y, de repente, al verla hecha añicos en el suelo, la angustia fue más fuerte que ella y rompió a llorar.

–¿Qué ha pasado? –preguntó David, que entraba en ese momento en la cocina.

–Se me ha roto una taza –contestó Samantha, sin mirarlo.

–No, en serio. ¿Qué ha pasado?

–Que he tenido una pesadilla. Nada, una tontería. No podía dormir y había venido para hacerme una taza de té...

David estaba muy cerca y Sam tuvo que luchar contra el impulso de apoyar la cara contra su torso desnudo. Para sentir, aunque solo fuera por un momento, que no estaba sola.

Era un impulso peligroso. En momentos de miedo o debilidad era demasiado fácil buscar consuelo en el sitio equivocado. Demasiado fácil ser ciego.

Pero él la abrazó sin decir nada, como si hubiera leído sus pensamientos.

–Lo siento –murmuró Samantha, sin poder contener las lágrimas–. Lo siento.

Capítulo 8

NO PASA nada, Sam. ¿Por qué no me cuentas el sueño?

Ella negó con la cabeza. Le daba vergüenza. Solo quería seguir en sus brazos, sentir su calor, permitirse a sí misma un momento de ilusión...

¿Ilusión de qué?

De amor, de no estar sola.

Tuvo que hacer un esfuerzo para recuperar la compostura, respirando profundamente, pasándose una mano por el pelo.

—Yo... lo siento. No pensaba encontrarme contigo, así, en camisón.

—No te preocupes, no se te ve nada. Aunque eso no impide que mi imaginación trabaje febrilmente.

—Por favor, David...

—¿Por favor qué? ¿Por favor hazme el amor? ¿Por favor, no me hagas el amor?

—Por favor, no hables así.

—Es lo que pienso, Sam. Pienso en hacer el amor contigo, pienso en...

—No, por favor.

Él levantó su barbilla con un dedo para mirarla a los ojos.

—¿Por qué no? ¿Tan terrible es que te desee?

Samantha tragó saliva.

—No quiero que me desees.

Su vida sería mucho más fácil si él no la desara, si solo fuera un hombre con el que compartía casa de forma temporal. Un hombre que no la enviaba flores, que no la invitaba a comer, que no hacía que su corazón se acelerase cada vez que estaba cerca.

—¿Y tú qué, Sam? ¿Tú no me deseas?

—No —mintió ella.

—Yo creo que sí. Y no quieres desearme. ¿Tengo razón?

Era absurdo intentar engañarlo. David ya sabía la verdad.

—Sí.

—Pues me temo que tenemos un problema.

—¿Un problema? ¿Por qué?

—Porque estos sentimientos no van a desaparecer así como así. Yo no quiero que desaparezcan. Me gusta sentir lo que siento cuando te miro, cuando pienso en ti.

—Pero te vas a México en octubre.

—Aún faltan tres meses.

Samantha quería rendirse, quería besarlo, hacerle el amor, vivir un momento mágico. Tres meses de felicidad eran tres meses de felicidad. Pero pensar en el dolor que le causaría la separación...

—Entonces, tendremos que controlar nuestros sentimientos —suspiró, dando un paso atrás—. Y creo que ahora un té me iría muy bien.

—Muy bien. Yo barreré esto.

Mientras llenaba la tetera de agua, Sam miraba el oscuro jardín por la ventana. Al recordar sus fantasías de pasar la noche con un hombre casi tuvo que sonreír. No era esa escena la que había imaginado, él barriendo el suelo y ella haciendo té.

Podrían estar en la cama, haciendo el amor...

Había llegado la hora. No podía esperar más. Cuando Samantha se marchó a trabajar, David llamó por teléfono a Tara.

–Necesito tu ayuda.

–Lo que quieras... mientras sea legal –rio su prima.

–No estoy seguro.

Cuando David le contó lo que quería hacer, al otro lado del hilo hubo un silencio.

–No puedes hacer eso.

–Claro que puedo.

–Sam te denunciará.

–No lo creo.

–¡Estás loco! ¿Seguro que quieres hacerlo?

–Sí –contestó David–. Muy seguro.

–Muy bien, te ayudaré. Pero tendrás que entrar en su habitación y mirar en los cajones para...

–No pienso hacer eso.

–Mira, David, en el amor y en la guerra todo está permitido, ya lo sabes.

–Pero no puedo hacerlo, Tara.

–Si quieres hacer esto, no te queda más remedio.

David se sentía como un delincuente mientras rebuscaba entre las cosas de Sam, sin dejar de hablar con Tara, que iba dándole instrucciones.

Cuando sacó un sujetador blanco del cajón no

podía creer lo que estaba haciendo. Se había vuelto loco.

«Deja de mandarme bombones». Samantha se lo había dicho después de que le enviase la segunda caja. Él lo esperaba, claro. De modo que dejó de enviarle bombones y le envió diez globos rojos.

—No vas a rendirte nunca, ¿verdad? —le espetó ella cuando volvió a casa por la noche.

—Nunca. Quiero llevar diversión y frivolidad a tu vida. ¿No dijiste que la semana que viene no tenías clases?

—Sí, pero...

—Y que querías dormir durante tres días seguidos.

—Me gustaría, pero...

—¿Qué tal si nos vamos de viaje?

—¿Qué?

—¿Qué te parecería ir a Nueva Orleans en el avión de la empresa, comer allí y...?

—¿Comer en Nueva Orleans? —lo interrumpió Samantha, atónita.

—Dos ejecutivos de la empresa tienen que asistir a una reunión, así que podríamos ir con ellos.

—¿En un avión privado?

—Es pequeño, no te preocupes. Pero muy cómodo.

David vio que Sam se lo pensaba. En su rostro había una mezcla de emociones: duda, alegría, tentación y, después, un anhelo que no podía disimular.

—Iremos al barrio francés a comer y después, de vuelta al avión.

Samantha le hizo un par de preguntas y él respondió como pudo. Desafortunadamente, tuvo que mentir un poco. Se sentía culpable por ello, pero no quedaba más remedio.

Y, por fin, Sam aceptó.

La primera parte del plan estaba funcionando. El resto era más complicado.

El lunes por la mañana, Samantha entró en el avión y miró alrededor, perpleja.

–Es precioso.

El suelo estaba cubierto de moqueta y los asientos eran de suave cuero color beige. Había un ordenador, un teléfono y una televisión. Era una mezcla de despacho y lujosa habitación de hotel.

Cuando ocuparon sus asientos, la azafata se acercó con una bandeja de café y pasteles. Los dos hombres que iban sentados detrás de ellos estaban hablando de trabajo y no parecían en absoluto impresionados por el avión.

De modo que así era como los ricos hacían negocios, pensó Sam. No viajaban con las masas, no esperaban en ruidosos aeropuertos, no cargaban con pesadas maletas por la terminal.

Frente a ella había un montón de periódicos y revistas de todo tipo: de moda, de diseño, de decoración. Las portadas con lujosas fotografías llamaron su atención y tomó una de moda, fantaseando con ponerse algún día uno de esos vestidos carísimos, viajando a países exóticos: Brasil, Tailandia... y viviendo en una mansión en California o Hawai.

No era su mundo, pero podía soñar un poco.

En el aeropuerto se despidieron de los dos ejecutivos y una limusina los llevó al barrio francés. Samantha lo había visto en la televisión, pero no era lo mismo. De cerca, los edificios antiguos tenían el encanto del viejo mundo, con sus balcones llenos de flores. Era un sitio mágico, incluso a la luz del día.

Era un sitio lejos de la tienda, de sus clases, de su aburrida vida. Y lo estaba pasando bien.

—Bueno, vamos a comer —sonrió David cuando la limusina se detuvo delante de un restaurante. Y menudo restaurante.

—Pensé que íbamos a comer a un sitio menos... no sé. Esto es demasiado.

Él la tomó del brazo.

—Vamos, entra. Y disfruta de la comida, es excelente.

—No me gusta esto —insistió Sam, observando los manteles de hilo blanco, con velas y flores.

—¿No te gusta el restaurante?

—Claro que sí. Lo que no me gusta es que yo no puedo invitarte a comer en un sitio así.

—Puedes devolverme el favor —sonrió David.

—¿Teniendo una aventura contigo? No estoy en venta, querido.

David soltó una carcajada.

—Por favor, Samantha. Estamos pasándolo bien, ¿no? Puedes devolverme el favor regalándome el placer de tu compañía. Solo quiero que pasemos un buen rato, de verdad.

—Ahora me siento como uno de tus proyectos: Hacer feliz a Samantha.

—A mí no me suena mal.

Sam levantó los ojos al cielo. Aquel hombre era irresistible. Las flores, los bombones, los globos... y después aquello. Bueno, si eso era lo que quería, ¿por qué iba a quejarse?

Podía sentirse ofendida o disfrutar del almuerzo.

Era una elección fácil.

—Muy bien. ¿Quieres que lo pasemos bien? Pues vamos a pasarlo bien.

Él volvió a soltar una carcajada.

—Desde luego eres tremenda, Samantha.

De vuelta en el avión, Sam apenas podía mantener los ojos abiertos. Entre las dos copas de vino y el asiento reclinado se estaba quedando dormida...

Cuando despertó, David no estaba en su asiento. Samantha miró por la ventanilla y le pareció que el sol estaba muy bajo en el horizonte. Miró su reloj: las seis. Pero no podía ser. En Virginia el sol no se ponía hasta mucho más tarde.

David salió entonces de la cabina, donde debía haber estado charlando con la tripulación.

—Ah, ya estás despierta.

—¿Qué hora es? Creo que mi reloj se ha estropeado.

—Las seis y cinco. Llevas dos horas durmiendo.

Allí pasaba algo muy raro. Si el sol estaba tan bajo a las seis de la tarde, no podían estar en Virginia. Y llevaban dos horas volando, de modo que ya debían haber llegado.

—¿David?

—¿Sí?

—¿Por qué no estamos en casa?

—Porque no vamos directamente a Virginia —contestó él.

Lo había dicho como si fuera la cosa más normal del mundo. Y Sam se puso furiosa.

–¿Dónde vamos? –preguntó, intentando mantener la calma.

–Vamos a pasar un par de días en una isla del Caribe.

–¿Qué?

–Que vas a tener unas minivacaciones de lujo. Puedes dormir todo lo que quieras. ¿Por qué dormir en Virginia cuando puedes hacerlo en una isla romántica, bajo las palmeras?

Samantha se quedó atónita. Aquello era una locura. Y él lo contaba como si fuera la cosa más natural del mundo.

–¡No me lo puedo creer! ¿Estás secuestrándome?

–Te estoy abduciendo, en realidad. En los secuestros suele pedirse un rescate.

–¡No puedes hacer eso!

–Lo estoy haciendo.

–¡Puedo denunciarte a las autoridades!

–Buena idea –sonrió David–. Podrías demandarme por una enorme cantidad de dinero.

Sam lo miró, perpleja.

–No me tientes –murmuró. Pero entonces recordó algo terrible–. ¡Mi abuelo!

–No te preocupes, ya he hablado con él. Le ha parecido muy buena idea, por cierto.

–¿Que le has contado a mi abuelo que ibas a secuestrarme y le ha parecido buena idea?

–No, le dije que iba a llevarte a pasar un par de días en la playa.

–Pero... ¿y la tienda?

–Tu abuelo puede llevarla solo, no te preocupes.

–¿Y mi hermana, en Florida? No puedo desaparecer...

–No vas a desaparecer. Llámala por teléfono. Aunque seguramente tu abuelo ya se lo habrá contado. Además, he cambiado el mensaje del contestador y he dejado mi número de teléfono por si alguien quiere localizarnos.

–Esto no puede ser... pero si no tengo pasaporte.

–No te preocupes. Es una isla muy pequeña y me conocen bien.

–¿Ah, sí? ¿Y como voy contigo ya es suficiente? –le espetó Samantha–. ¿Qué pasa, que tu familia es la propietaria de la isla?

–Oficialmente, no.

Oficialmente no. Pero seguramente lo sería.

–No me mires con esa cara. No voy a hacerte nada. Mi familia posee una villa en la isla desde hace años y uno de mis primos está casado con la hija de...

–¡Por favor, otro primo!

David soltó una carcajada.

–Es que tengo unos cuantos.

–Has pensado en todo, ¿no?

–Espero que sí.

–¿Y la ropa? ¿Se te ha ocurrido pensar en eso? No tengo nada, ni siquiera pasta de dientes.

–No te preocupes. Llevo una maleta llena de cosas: ropa, zapatos, una bolsa de aseo... Tara ha comprado de todo para ti. Como ella ha conspirado conmigo, también puedes demandarla.

Samantha estaba atónita.

–¿Tara me ha comprado ropa?

–Sí, y espero que te guste.

–Esto es absurdo. Es como una película.

–Ya te dije que la vida...

–Me has mentido, David.

–Sí, es verdad. Pero solo porque quería que pasaras un buen fin de semana. Espero que me perdones.

–Me estás manipulando para que haga algo que no quiero hacer. ¿Crees que así me harás feliz?

–¿No te apetece tumbarte en la arena durante dos días? ¿No te apetece disfrutar y relajarte en una isla paradisíaca? ¿No te apetece...?

–¿Acostarme contigo?

–Solo si tú quieres –sonrió David.

–¡Pues lo siento, pero no quiero! No me gusta que me obliguen a nada.

–Yo no te obligo a nada, Sam. Solo quería darte una sorpresa, pero si no te apetece, volveremos a casa mañana por la mañana.

Una sorpresa. Llevarla a una isla en el Caribe, como si fuera tan normal. No podía ser. Debía estar soñando.

–¿Samantha?

–¿Qué?

–Mira.

Sam miró por la ventanilla del avión y vio una isla verde con playas de arena blanca, el mar azul turquesa y el sol naranja escondiéndose en el horizonte...

–Es como una postal. Nunca pensé que esos colores fueran de verdad.

–Lo son.

Una hora más tarde hacía cosas que tampoco le parecían reales. Como por ejemplo, viajar en un descapotable por una isla diminuta del Caribe o alojarse en una villa preciosa rodeada de vegetación. O tener una maleta llena de ropa: vestidos, faldas, tops, sandalias de tacón, biquinis, ropa interior... Era como un sueño.

Tara no había olvidado nada. Ni el albornoz, ni la bolsa de aseo, ni los cosméticos. Y, como capricho, dos novelas de amor.

Samantha se sentó en la cama, intentando entender lo que estaba pasando. Todo parecía tan irreal... Entonces vio que dentro de la bolsa de aseo había una postal de Tara:

Samantha, lo he pasado estupendamente comprando para ti. Espero que la ropa te guste y te quede bien. Relájate y pásalo de maravilla. Te lo mereces.
Tara

Sam respiró profundamente. No sabía si se lo merecía, pero ya que el destino la había llevado allí lo menos que podía hacer era disfrutar.

Después de ducharse, se puso un vestido de flores y se miró al espejo. ¿Esa era ella? Estaba guapa, pensó. Respirando profundamente, salió de la habitación y se reunió con David en el porche.

«Regálame el placer de tu compañía», le había dicho él unas horas antes.

David se levantó temprano al día siguiente, nadó un rato y después fue a desayunar. A las nueve, Samantha todavía no había aparecido. Evidentemente, estaba haciendo realidad una de sus fantasías: dormir a pierna suelta.

David se sentó en el porche a leer un rato. Eran casi las once cuando Sam por fin apareció, con un pantalón corto y un top azul claro que destacaba el color de sus ojos. Estaba guapísima.

–Buenos días. Espero que hayas dormido bien.

–Como un tronco. El sonido del mar es muy relajante. ¿Es demasiado tarde para desayunar?

–Puedes pedir lo que quieras. La señora Tweedie está a tu servicio.

–Solo quiero café y una tostada.

Pero la señora Tweedie, el ama de llaves, también debió verla muy delgada y le sirvió café, ensalada de mango, zumo de naranja y una tortilla de queso.

–Ay, qué maravilla –suspiró Samantha.

–¿Quieres que volvamos a casa? –preguntó David.

–¿Crees que estoy loca?

Él soltó una carcajada.

–¿De qué te ríes?

–De ti. Primero te pones toda digna y después capitulas por completo.

–No estoy capitulando. Simplemente, he reconsiderado mis opciones y he decidido disfrutar de lo que el destino me ha deparado.

–¿El destino? Creí que había sido yo quien te trajo aquí.

–Bueno, tú eres el instrumento del destino –sonrió Samantha.

–*Touché*. Entonces, ¿solo soy un peon manipulado por el destino para servirte?

–Algo así.

–Estupendo. Salvado por la campana.

–¿Cómo?

–Que no te he abducido yo. El diablo me obligó a hacerlo y soy inocente por completo.

Sam se encogió de hombros.

–Lo que quieras. Pero ahora me gustaría nadar un rato.

–Te acompaño.

Pasaron la mañana en la playa, fueron a navegar por la tarde y por la noche cenaron en el porche. David se sentía feliz al verla contenta, como si de verdad hubiera olvidado, por una vez, las preocupaciones y las prisas.

Cuando estaban tomando el postre recibieron una inesperada visita: unos vecinos daneses que llevaban mucho tiempo en la isla. En cualquier otro momento David se habría alegrado de verlos, pero no entonces, cuando por fin estaba con Samantha.

Pero no podía hacer nada más que invitarlos a una copa.

Dos horas más tarde seguían allí y Sam se caía de sueño.

–¿Por qué no te vas a dormir? –sugirió David.

–Lo siento, no quiero ser grosera. Es el aire de la isla –sonrió ella antes de escapar a su habitación.

Samantha se incorporó, sobresaltada, unas horas después. Algo la había despertado, un ruido. Cuando miró el reloj vio que eran las tres de la mañana. Aguzó el oído, pero solo escuchaba el ruido de las olas y el viento moviendo las ramas de los árboles.

Entonces lo oyó. El ruido. Algo dentro de su habitación. Algo que parecía estar arañando el suelo.

Algo se arrastraba por el suelo de su habitación, cerca de la cómoda. Sam se llevó una mano al pecho.

Un ratón, tenía que ser un ratón. ¿Había ratones en la isla? No tenía ni idea. Alargando una mano, encendió la lámpara y miró alrededor. No había nada.

Quizá no era un ratón, quizá era algo más peligroso. Samantha saltó de la cama. No pensaba quedarse allí con aquel animal. Llevándose con ella la sábana y la almohada, fue de puntillas por el pasillo y se instaló en el sofá del salón.

Intentó relajarse mirando la luna, pero la relajación duró poco porque David apareció un minuto después.

—¿Qué haces aquí?

—Nada. Vete a la cama.

«Por favor, vete a la cama». Parecía una escultura viviente a la luz de la luna.

—Pero, ¿por qué estás en el sofá?

—No podía dormir y me apetecía un cambio de paisaje.

Si le decía que había salido corriendo por un ratón se reiría de ella. Y no le apetecía nada.

—Te haré compañía.

—No, por favor. Quiero dormir.

«Por favor, no te quedes». «Por favor, por favor».

Sin embargo, David se sentó en el sofá. Solo llevaba unos pantalones cortos que debía haberse puesto para salir de la cama... de modo que dormía desnudo. Y Samantha no quería pensar esas cosas, no quería tenerlo tan cerca.

—¿Sam?

—¿Qué?

—Tenemos que dejar de hacer esto.

—¿Hacer qué?

—Tener estas citas nocturnas, medio desnudos.

—Estoy de acuerdo. Me gustaría poder dormir de un tirón, sin despertarme una sola vez. Bueno, anoche dormí de maravilla.

—Parece que tienes problemas de sueño.

—Me temo que sí. A veces he tomado pastillas, pero por la mañana me encuentro fatal. Además, no quiero acostumbrarme.

—No puedes dormir en el sofá, Samantha. ¿Seguro que no quieres volver a la cama?

—He oído ruidos en mi habitación —le confesó ella por fin.

—¿Ruidos?

—Un ratón, creo.

—¿Un ratón? Pues no te he oído gritar.

—Porque no he gritado.

—Ah, qué valiente.

No se reía de ella, ¿o sí? Pero David estaba acariciando su pelo y le gustaba tanto... Sam cerró los ojos y, poco a poco, se quedó dormida.

La luz del sol que entraba a través de las persianas despertó a Sam que, con los ojos cerrados, se volvió para enterrar la cara en la almohada. Era maravilloso no oír el despertador...

Samantha abrió los ojos y... ¡No estaba en su cama! Estaba en la cama de David y no tenía ni idea de cómo había ido a parar allí. El susodicho entró un minuto después con una bandeja en la mano.

—Buenos días, cariño. Te traigo el desayuno.

Atónita, Sam vio que, además del café y los cruasanes, había una preciosa orquídea en un jarroncito
de cristal. Y David llevaba solo un albornoz de seda
negro.

—¿Cómo he llegado aquí?

—Te traje yo. Pero antes te drogué para poder pro-
pasarme a gusto, por supuesto, aunque estoy seguro
de que no te acuerdas. Anda, toma un poco de café.

—Oye...

—Estás muy guapa esta mañana, querida.

—Cállate, anda.

—Me encanta cuando tienes el pelo suelto. Por no
hablar del camisón que llevas. Es muy sexy.

—Lo compró Tara.

—¿Quieres saber lo que pasó anoche?

—Ya me lo has dicho.

—Era mentira —sonrió David.

—Ya lo sé, bobo.

—Anda, tómate el café antes de que se enfríe.

—Anoche me quedé dormida en el sofá, de modo
que has tenido que traerme tú. Pero no me acuerdo
de nada —suspiró Sam.

—Estabas muy cansada.

—Si me hubieras despertado habría sido como ar-
cilla en tus manos —dijo ella entonces.

—¿En serio?

—En serio. ¿Por qué no me despertaste?

—Porque pensé que no me respetarías por la mañana —contestó David.

Samantha soltó una carcajada.

—¿Y eso te molestaría?

–Puede que te sorprenda, pero en la cabeza tengo algo más que sexo.

–¿No me digas? ¿Y qué más tienes en la cabeza?

–Muchas cosas –contestó él, tomando la orquídea–. Mira, para ti, la he cortado yo mismo.

En los pétalos de la flor todavía había gotas de rocío.

–¿Por qué haces todo esto?

David apretó su mano entonces, mirándola a los ojos.

–Porque me tocas el corazón, Sam.

Capítulo 9

NO LO ENTIENDO. Nada de esto me parece real.

—No tenemos que entender algo para que sea real.

Sam no sabía qué decir. Allí estaba, sentada en la cama con David, un hombre que la había llevado a una isla mágica y que la hacía soñar. ¿Todo aquello sería real? ¿Sus sentimientos serían reales o era solo un espejismo?

Por un lado, le daba miedo que le rompiese el corazón. Por otro, aun sin querer, empezaba a albergar esperanzas.

Si supiera lo que era real y lo que no...

David observó su expresión de inseguridad, de miedo. Sentada allí, con el camisón de encaje blanco y los rizos cayendo sobre sus hombros parecía un ángel asustado. Y de nuevo tuvo que contener el impulso de tomarla entre sus brazos.

—¿Sam? ¿No podríamos ser amigos?

—¿Solo amigos?

—Ser amigos sería estupendo.

—Lo sé, pero... no es eso lo que yo creía. ¿Quieres decir que no te interesa el sexo?

–El sexo no es tan importante –sonrió él.

–¿Lo dices en serio?

–Completamente.

–Pero si llevas detrás de mí desde el primer día. ¿Me regalas flores, me invitas a comer, me traes a esta isla tan romántica... y ahora dices que no quieres acostarte conmigo?

–¿Tan raro te parece que no me interese el sexo? –preguntó David.

–Nunca he conocido a un hombre al que no le interesara el sexo.

–A mí me gusta más hacer el amor.

–Ah –murmuró Sam.

–¿Eso te parece mal?

–No, claro que no.

–Me alegro. Lo que estoy diciendo es que si no estás preparada para eso, podemos ser solo amigos.

–¿Por qué?

¿Por qué? Eso, ¿por qué?

–Porque admiro tu determinación, tu lealtad... Eres una mujer de carácter y eso me gusta mucho.

Y también le gustaba su camisón. Pero le habría gustado más quitárselo y hacerle el amor durante horas. Aunque eso no podía decirlo, claro.

Samantha se quedó pensativa, como si nadie le hubiera dicho nunca algo así. Y, como siempre, David hubiera deseado abrazarla, decirle que todo estaba bien, que se merecía tener a alguien que la quisiera y cuidase de ella.

«Tú también te lo mereces», le dijo una vocecita.

–Pero si me conoces solo desde hace unos días –dijo Sam entonces.

–A veces no hace falta mucho tiempo.

–No creo que podamos ser solo amigos, David.

–¿Por qué no?

–Tú sabes por qué. Porque... nos deseamos demasiado.

Le encantaba que fuese tan sincera.

–Sí, eso es verdad.

Se miraron y algo ocurrió entonces. De repente, Samantha se dio cuenta de que estaba en su cama. Y se dio cuenta también de que quería hacer el amor con él.

No sabía quién se movió primero pero, de repente, estaban uno en brazos del otro, besándose, acariciándose por todas partes. Su corazón latía tan fuerte que creyó ahogarse mientras David le quitaba el camisón. Después, se quitó el albornoz y Sam tuvo que tragar saliva al verlo desnudo.

–Necesitamos...

–Tengo, no te preocupes –sonrió él, acariciando sus labios con un dedo–. Eres preciosa, Samantha.

Le encantaba que la mirase así, le encantaba cómo pronunciaba su nombre mientras la besaba en el cuello, en el pecho, rozando los pezones con la lengua.

Sin pensar, se arqueó hacia él para recibir sus caricias. Empezaron a moverse a la vez, como si llevaran años haciendo el amor. Sam parecía estar flotando. ¿Cuánto tiempo había pasado desde la última vez que se sintió querida? ¿Cuánto desde que estuvo en los brazos de un hombre? No recordaba haber sentido jamás aquella intensidad, aquella unión con otro ser humano. ¿Lo había olvidado o era...?

Pero no podía seguir pensando. Quería disfrutar de las caricias de David, quería disfrutar de la pasión que le ofrecía sin reservar nada... besándolo, to-cándolo por todas partes. Se sentía salvaje, embria-gada de vida, emocionada por los besos y por los suaves gemidos que escapaban de su garganta.

Se apretaban el uno contra el otro con desespera-ción, temblando... hasta que, milagrosamente, llega-ron al orgasmo a la vez.

Se quedaron un rato abrazados, estremecidos los dos, sin decir una palabra.

–¿Sam?

–¿Qué?

–Ha sido... precioso.

–Sí –musitó ella que, sintiéndose absurdamente tímida, tuvo que esconder la cara en su pecho.

–Mírame –sonrió David. Samantha obedeció–. Me has sorprendido.

–Me he sorprendido a mí misma.

Él sonrió de nuevo ante la franqueza.

–Me gusta tanto tenerte en mis brazos...

Era como vivir una película romántica, condu-ciendo por la isla en el descapotable, nadando en ca-las desiertas, almorzando sobre la arena... y ha-ciendo el amor. David la hacía sentir como si fuera una reina, como si fuera la única mujer en el mundo.

Hicieron el amor en la playa, en la habitación, en la ducha... él le daba ternura, pasión, risas, todo lo que Samantha siempre había soñado.

Tomaron champán, comieron pescado comprado en el muelle y charlaron con la gente de la isla. Todo el mundo parecía conocer a David y todos eran muy simpáticos con él. La vida parecía un sueño, lleno de alegría y diversión. Y resultaba fácil olvidarse de los estudios, de la tienda, de todo.

El miércoles comieron en un restaurante de la bahía, escuchando el sonido de las olas.

—Imagínate vivir aquí todo el tiempo.

—Me volvería loco —sonrió David—. Esta isla es muy pequeña, Sam. No hay teatros, ni cines, ni tiendas. Es un sitio estupendo para pasar las vacaciones, pero para vivir sería imposible.

—Sí, claro, tienes razón.

Después de comer fueron a dar un paseo y Samantha se quedó asombrada por el paisaje, por las flores exóticas y los extraños insectos. Llevaba tanto tiempo concentrada en los libros que había olvidado que el mundo estaba lleno de maravillas.

David la intrigaba cada día más. Y empezaba a tener unos sueños y unas esperanzas peligrosas.

—¿Por qué no has vuelto a casarte?

Él no contestó inmediatamente.

—Por muchas razones —dijo por fin—. Pero seguramente la más real es porque nunca he querido hacerlo.

Más tarde, en la cama, Samantha pensó en lo que había dicho. David nunca hablaba de su mujer. Y se preguntó por qué.

Se quedaron en la isla toda la semana y volvieron a casa el sábado por la noche.

El domingo, David observó a Sam, dormida en sus brazos. Le gustaba tanto mirarla... hacía mucho tiempo que no se sentía tan feliz con una mujer.

Samantha dejó escapar un suspiro y él tuvo que

sonreír. ¿Cómo era posible que una chica como ella hubiera estado tanto tiempo sola? ¿Los hombres eran ciegos? La besó suavemente en los labios y Sam abrió los ojos.

—Hola.

—Hola, preciosa.

—¿Por qué me miras con esa cara?

—Estaba preguntándome por qué llevas tanto tiempo sola.

—¿Sola?

—¿Por qué no volviste a casarte?

Samantha hizo una mueca.

—No es tan fácil.

—¿Por qué no?

—No soy precisamente un buen partido. Tengo un hijo de diez años, un trabajo penoso...

—¿De qué estás hablando? Eres una mujer guapísima, inteligente, independiente...

—Venga, David, sé realista. Tenía diecinueve años cuando Jason me dejó con el niño. No hay muchos hombres que quieran formar una familia con un hijo que no es suyo. Y, además, como todavía no he conseguido el título, no podría hacer una gran aportación económica...

David la detuvo con un gesto.

—Un título universitario no te convierte en una buena persona, Sam. Y tú lo eres.

—Con un título puedes conseguir un buen trabajo y mejor calidad de vida. Pero tú nunca has tenido que preocuparte por eso, ¿verdad? —replicó ella—. Tú nunca has tenido problemas para pagar el alquiler o para comprar un par de zapatos. Nunca has tenido que cancelar un seguro porque no podías pagarlo...

bueno, es igual –dijo Sam entonces, intentando levantarse.

David se lo impidió.

–Lo siento, cariño. No era mi intención quitarle importancia a lo que haces, de verdad. Tú eres una mujer inteligente y llegarás lejos en la vida, estoy seguro.

–Eso pretendo. Y en cuanto a casarme, no tengo intención de hacerlo aunque me arrastrasen hasta el altar. Eso me complicaría la vida.

Él no podía imaginar por qué. Eso se lo haría todo más fácil. Tendría alguien con quien compartir sus problemas, con quien llevar la carga, alguien que podría ayudarla económicamente.

–¿Por qué?

–Porque tengo que terminar la carrera. Lo más importante para mí es Kevin y quiero ganar dinero para que tenga una vida estable. El matrimonio no es una solución. Estuve casada una vez y Jason... –Samantha se mordió los labios–. Bueno, ya sabes cómo terminó eso.

–Sam, me preocupas.

–No tienes que preocuparte por mí. No eres responsable de lo que me pase –replicó ella.

Cuando salió de la habitación, David no intentó detenerla. Tumbado en la cama, se cubrió la cara con el brazo, maldiciéndose a sí mismo por haber sacado la conversación y por arruinar una mañana perfecta.

Sam salió al porche en chándal y zapatillas de deporte, pensativa. David no la entendía, no la entendería nunca. Y nunca debería haberse acostado con él.

Hacía una mañana de cine. Los pájaros cantaban, el porche olía a rosas, las ramas de los árboles se movían con la brisa... una celebración de la vida.

Una hora antes estaba haciendo el amor con David. Y, de repente, todo se estropeó.

La ilusión había desaparecido. El sueño estaba roto. Era mejor ser realista.

Corrió por el bosque hasta que no pudo más y después se sentó sobre una piedra al borde del camino, enterró la cara entre las manos y se puso a llorar.

David miraba la pantalla del televisor, donde un presentador calvo estaba dando las noticias, pero no estaba prestando atención.

Sam se portaba como si no pasara nada... o más bien, como si no hubiera pasado nada entre ellos.

El instinto le decía que la dejase sola, pero no era lo que quería hacer. Quería hablar con ella, quería decirle...

Furioso, apagó la televisión, salió de la casa y empezó a caminar sin rumbo.

¿Qué podía decirle?

El viernes por la tarde, Samantha se apoyó en el respaldo de la silla, suspirando. Había sido un día interminable. El aire acondicionado estaba roto y la oficina era como un baño turco. Estaba cansada, muerta de calor. Y dormía fatal.

David había intentado hablar con ella varias veces, pero Sam no quería hablar. Insistía en que lo de la isla fue un error, que no pensaba tener una aventura. Él se iba a México y ella no tenía tiempo para una relación que no iba a ninguna parte.

Estaba muy cansada. Si pudiera irse a casa en lugar de tener que ir a la facultad... si pudiera tomar una copa de vino con David. Si pudiera cenar con él en el porche y hacer el amor sobre la hierba...

Se le encogía el corazón solo de imaginarlo. Durante toda la semana David intentó ser amable con ella y durante toda la semana ella lo había evitado. Pero seguía fantaseando, seguía soñando con algo que no podía ser.

Unas semanas más y las clases habrían terminado, pensó. Kevin volvería de Florida y todo seguiría como siempre. Echaba de menos a su hijo, deseaba abrazarlo y ver su cara llena de pecas. Kevin era lo más importante del mundo para ella.

Sam oía voces en la tienda. Clientes buscando una cama o una cómoda, seguramente. Entonces llamaron a la puerta.

—Pase —murmuró, sin levantar la mirada.

—¡Mamá!

Samantha se levantó de un salto. Kevin. Era Kevin. ¿Estaba soñando?

—¿Qué haces aquí? ¿Qué ha pasado, cariño? —exclamó, apretándolo contra su corazón.

Con el rabillo del ojo vio a su hermana Joni en la puerta.

—No pasa nada, tranquila. Hemos venido a visitarte.

—¡Mamá, hemos venido en avión! —exclamo Kevin.

–¡En avión!

Entonces vio a David y su corazón dio un vuelco. Había sido él. Él quien hizo posible la visita de su hijo.

–El señor McMillan fue a buscarnos con una limusina al aeropuerto. ¡Una limusina enorme! ¡Y en el avión había una tele y un teléfono!

–No sabes cuánto me alegro de que estés aquí, cariño mío –sonrió Samantha, abrazándolo.

Y luego abrazó a su hermana Joni y a David, porque le pareció lo más natural.

–Gracias.

–De nada –sonrió él.

Cuando se miraron a los ojos, Sam pensó por un momento que no había nadie más que ellos dos en el mundo.

«Lo quiero», pensó entonces, «y no puedo hacer nada».

–El señor McMillan dice que podemos ir a cenar, si tú quieres –estaba diciendo Kevin–. Y la tía Joni dice que puedo acostarme tarde... si tú me dejas.

Samantha soltó una carcajada.

–Hoy puedes hacer lo que quieras. No pienso ir a clase, así que podemos ir a cenar donde tú digas...

–¡Pizza! –gritó el niño.

Joni declinó la invitación, arguyendo que quería quedarse con el abuelo, de modo que David, Kevin y ella fueron a un restaurante italiano. Samantha apenas abrió la boca; se limitaba a mirar, arrobada, a su hijo, que estaba contando sus aventuras en el campamento de Florida. Y David lo escuchaba con atención, hablándole de cebos para pescar, de modernos radios para bicicletas...

Era un momento tan maravilloso que su corazón se llenó de amor.

Se encontró con David en el porche después de meter a Kevin en la cama.

–Siéntate un rato. Hace una noche preciosa.

–Sí, es verdad –murmuró ella–. Quiero darte las gracias por traer a Kevin. Ha sido un detalle precioso por tu parte. Nunca me había separado tanto tiempo de mi hijo y no sabes lo que significa para mí...

–Creo que sí lo sé –sonrió David, pasándole un brazo por los hombros.

–¿Por qué lo has hecho?

–Porque no querías ni flores, ni bombones ni globos. No querías hablar conmigo, así que tuve que inventarme algo que te hiciera realmente feliz.

–No sé cómo darte las gracias –murmuró Samantha.

–Ya lo has hecho. Me encanta verte feliz.

Sam hubiera querido besarlo, apretarse contra su pecho... De repente, le costaba trabajo respirar.

Era horrible sentirse así, era horrible no poder decírselo.

–Me voy a dormir.

–Muy bien. Que sueñes con los angelitos.

Pero Samantha no pudo dormir. Era incapaz. No podía dejar de pensar en él. De modo que se levantó y, de puntillas, entró en la habitación de David.

Capítulo 10

LAS CORTINAS no estaban echadas y la luz de la luna se filtraba en la habitación.

–¿David?

Él se incorporó de un salto en la cama.

–¿Samantha?

–Quiero... estar contigo.

Un segundo después estaban abrazados; Sam con la cara apoyada en su pecho, como en la isla.

–No estoy aquí por... bueno, para darte las gracias por lo de Kevin.

–Ya lo sé. Te conozco lo suficiente como para saber eso.

–Me alegro.

–Entonces, ¿por qué estás aquí?

–Porque quiero hacer el amor. Te necesito y estoy demasiado cansada como para negármelo a mí misma –contestó Sam, buscando sus labios–. Y no quiero hablar más de ello.

De modo que no lo hicieron.

David la acarició, la besó, la hizo estremecer. Y ella hizo lo mismo, sin pensar, disfrutando del momento, del placer de estar juntos.

Lo amaba.

Fue un fin de semana precioso. Kevin estaba encantado con David, sobre todo con la cabaña que estaba construyendo. Además, David se lo llevó de pesca para que Sam pudiese estudiar un par de horas. Joni y el abuelo fueron a comer el domingo y entre todos organizaron una barbacoa en el jardín. A las siete, la limusina llevó al abuelo a la ciudad y a Joni y Kevin al aeropuerto.

De repente, la casa se quedó en silencio. Kevin no era muy grande, pero su presencia lo llenaba todo.

—Es un niño estupendo —dijo David—. Me lo habías dicho y es verdad.

—Sí, tengo mucha suerte —sonrió ella.

—No creo que sea solo suerte. Eres muy buena madre.

—Gracias —contestó Sam, sintiéndose ridículamente orgullosa.

Se había dado cuenta de cómo la miraba David durante todo el fin de semana. Y, a veces, sentía un escalofrío cuando sus ojos se encontraban.

Sabía que estaba enamorada de aquel hombre y solo veía dolor cuando pensaba en el futuro. El truco era no pensar en el futuro, al menos no en un futuro con él. Tenía que ser realista.

—¿Tienes mucho que estudiar?

—La verdad es que sí. Aunque no me apetece nada.

—Dentro de una hora te llevaré una copa de vino para intentar seducirte.

—Eso le irá de maravilla a mi concentración —sonrió Samantha.

Sam estaba haciéndose una coleta frente al espejo. Se acostaba con David todas las noches, hacía el amor con él y se sentía feliz. ¿Lo notaría él?

Mientras iba a la cocina a desayunar se decía que no había razón para que una mujer de treinta años no mantuviese una relación sexual sin compromisos. No todas las relaciones estaban destinadas a perdurar, pensaba.

No había razón para que David y ella no lo pasaran bien. Al fin y al cabo, eran dos adultos.

A media mañana paró de trabajar un momento para llamar a Gina, que había estado de viaje con su novio durante dos semanas.

–¿Qué tal las vacaciones?

Gina le contó horrores sobre la acampada en Vermont y sobre su novio, que era naturista.

–Bueno, ¿y qué tal tú?

–He seguido tu consejo.

–¿Qué consejo? Te doy tantos que ya no me acuerdo.

–Tengo un amante –dijo Samantha.

–¿Qué dices? –exclamo Gina–. David, supongo.

–Sí, claro.

Después le contó la semana que habían pasado en la isla y la visita sorpresa de Kevin.

–A mí me suena de maravilla, Sam.

–Lo sé. Pero David se marcha a México en octubre, así que me lo estoy tomando con tranquilidad.

–Genial. Pero no hagas ninguna tontería.

–¿Como qué?

–Como dejar tus clases. Acuérdate de Jason.

–Me acuerdo muy bien de Jason, Gina. Y no pienso hacer nada por el estilo.

–Y no te quedes embarazada.

–No me quedaré embarazada.

–Bien. ¿Y debo recordarte que aún no conozco a ese Adonis?

Sam soltó una carcajada.

–No sé si quiero presentártelo. ¿Cómo van los planes de tu boda?

–Prefiero no hablar de ello –suspiró Gina. Pero le habló de ello, por supuesto–. Hay tantas cosas que hacer, tantos invitados, tantos detalles que lo que me apetece de verdad es escaparme a Las Vegas.

–¡No puedes hacerme eso! –exclamó Samantha.

–No estoy yo tan segura.

Podía sentirse madura y sofisticada durante el día, pero por la noche, en los brazos de David, era diferente. Él la hacía sentir querida, la hacía sentir la mujer más atractiva de la tierra.

Samantha había empezado a buscar apartamento, pero todos los que encontraba eran demasiado caros o estaban hechos un asco.

–Me gustaría ayudarte –se ofreció David.

–No, gracias.

–Sabía que dirías eso.

–Entonces, ¿para qué preguntas?

–Para discutir el tema.

–No hay nada que discutir.

–Me gustaría ayudarte, Sam. Para que las cosas te sean un poco más fáciles...

–Supongo que estás hablando de dinero –lo interrumpió ella.

–Podría buscarte un trabajo mejor, ayudarte a encontrar un buen apartamento, hacer lo posible para que pudieras tomarte un año sabático.

—Te agradezco la oferta, pero no.
—¿Por qué no?
Samantha dejó escapar un suspiro. ¿Por qué le costaba tanto entenderlo?
—Porque no quiero depender de ti, David. Quiero cuidar de mí misma y de mi hijo.
—Llevas años haciéndolo. Dime, ¿por qué sería tan terrible aceptar un poco de ayuda?
—Porque yo no soy una mantenida —contestó Sam.
David soltó una carcajada.
—Por favor...
—No te rías de mí.
—No me río de ti. Es que eres imposible.
—Muy bien. Me voy.
—¿Dónde?
—Al despacho de Andrew.
A buscar «venenos» en Internet.

David estaba trabajando en la cabaña, pensando en Samantha, como siempre, cuando sonó su móvil.
—Hola, soy Tara.
—Hola, ¿cómo estás?
—Bien, gracias. Jonathan ha aceptado el divorcio.
—Si quieres llorar sobre mi hombro...
—No voy a llorar más. Nunca debí casarme con él. Bueno, dime, ¿cómo va la cabaña?
—Estupendamente. Estoy cumpliendo el calendario que me fijé. Ya están instaladas las cañerías y si no hay complicaciones de última hora, la tendré terminada para cuando me vaya a México.
—¿Cómo está Sam?
—Bien. Está buscando apartamento.

Al otro lado del hilo hubo un silencio.

–Podría quedarse en la cabaña. Si está acondicionada...

–Ya se la he ofrecido, pero el colegio de Kevin está muy lejos de aquí. Además, no quiere que la ayude para nada –suspiró David–. Es tan testaruda que insiste en hacerlo todo sola.

–Ya me imagino.

–¿Por qué no acepta que puedo echarle una mano?

–Qué comentario tan masculino –rio Tara–. Ves un problema y lo primero que se te ocurre es resolverlo. Sea asunto tuyo o no.

–¿Y qué hay de malo en ello?

–Creo que Sam quiere hacer las cosas por sí misma. No puedes resolver su vida por ella, cielo –contestó Tara–. Pero podrías pedirle que se casara contigo.

El corazón de David dio un vuelco.

–¿Qué?

–Estás enamorado de ella, primito. No lo niegues.

–Sam no quiere casarse –replicó él.

–¿De verdad?

–De verdad –contestó David, irritado. Aunque no sabía por qué–. No quiere saber nada del matrimonio. Dice que complicaría su vida.

–Bueno, supongo que eso es algo que debéis resolver entre los dos –suspiró Tara.

–Menuda ayuda.

–Bueno, yo llamaba para decirte que Anthony va a hacer una fiesta de cumpleaños el sábado. Podrías llevar a Sara.

–No creo que quiera ir.

–Abdúcela otra vez. Lester te ayudará a meterla en la limusina si hace falta.

–Tienes muy buenas ideas, primita.

–Adiós, guapo. Nos vemos el sábado.

Poco después de colgar, volvió a sonar el móvil. Era la secretaria de la constructora para la que trabajaba. Quería información sobre su vuelo a México.

Samantha seguía preguntándose por qué estaría David construyendo una cabaña en la finca de su primo. Pero no hablaban nunca del asunto.

Recordó entonces lo que Tara le dijo sobre él, que llevaba años huyendo de sí mismo. Quizá eso tendría que ver con su matrimonio.

–¿Es tu primera casa propia? –le preguntó una noche, mientras estaban cenando.

–No, tuve una casa de estilo colonial en Richmond –contestó David.

–¿Vivías allí cuando estabas casado?

–Sí.

–Nunca hablas de tu mujer.

–¿Quieres que lo haga? –preguntó él.

–No estoy segura. ¿Por qué nunca hablas de ello?

–Fue hace mucho tiempo. Y... no me resulta agradable recordarlo.

–Ah, entiendo.

No volvería a preguntar. Cuando David quisiera, se lo contaría. O no.

Samantha encontró un apartamento. Era pequeño, pero estaba muy cerca del colegio de Kevin.

El problema era que no podía mudarse hasta octubre, de modo que durante un mes tendría que llevarlo en coche a clase.

–He encontrado un piso –le contó a David por la noche.

–Enhorabuena –sonrió él, abrazándola–. La tuya es la primera cara que veo en todo el día y me encanta esa sonrisa. Bueno, cuéntame cómo es el apartamento.

Samantha le dio los detalles mientras tomaban una copa de vino.

–¿Y qué has hecho solo todo el día?

–Lo mismo que ayer. Estoy a punto de terminar la cabaña.

–¿No te importa estar solo tantas horas?

–Me estoy acostumbrando. Pero el sábado no estaré solo porque mi hermano Anthony celebra su cumpleaños. Y me gustaría que vinieras conmigo.

–De eso nada –dijo Samantha.

–Por favor. Si dices que no, tendré que llevarte a rastras, como un cavernícola.

Sam soltó una carcajada.

–No puedes hacer eso.

–Sí puedo, pero no me obligues.

–No me gustan las fiestas elegantes.

–¿Por qué no?

–Por favor, David... Yo no soy una chica sofisticada, no sé de qué hablar con esa gente.

–Y no tienes nada que ponerte, claro –suspiró él.

–Pues sí tengo, mira tú. Pero aunque llevase la ropa adecuada, no sé de qué hablar o cómo debo comportarme con los ricos.

–¿Tienes algún problema hablando con Tara o conmigo?

–No.

–Pues ya está.

–Pero no conozco a tu familia...

–Puedes hablar de política, de deporte, de negocios, de derecho mercantil incluso –rio David.

–Sí, claro, mi tema favorito.

Pero aceptó. Y el sábado fue con él a la fiesta. Además, sentía cierta curiosidad por conocer al resto de los McMillan. Cuando iban en la limusina, David empezó a acariciar su escote con todo descaro.

–¡David, el chófer! –lo regañó ella en voz baja.

–No puede vernos. El cristal es opaco –sonrió él, desabrochándole el sujetador.

–Por favor... que hay gente en la calle.

–Nadie puede vernos, cariño. Esta limusina es tan íntima como un dormitorio.

–Pero es...

–¿Qué?

–Decadente, ilícito.

–Me gustan las cosas ilícitas de vez en cuando –rio David–. Y lo que ahora me apetece eres tú, aquí mismo. Y noto ciertas señales de que esto no te deja indiferente.

Samantha estaba avergonzada de sí misma. Con los pechos al aire, dejándose acariciar por David como si fuera lo más normal del mundo...

–Me estás seduciendo. Y no puedo hacer nada.

–Ah, genial.

Sam cerró los ojos al sentir la mano del hombre deslizándose por debajo de su falda. Suspirando, se rindió del todo. David sabía cómo hacerle perder la cabeza.

Era mala, una pervertida. Y le gustaba.

La residencia de los McMillan era una mansión de piedra situada en medio de un jardín inmaculado. Los padres de David eran elegantes y refinados, aunque no tan viejos como la casa. Sonreían y le daban la bienvenida a todo el mundo.

Samantha sonreía también, un poco cortada por el exclusivo ambiente... y por lo que acababa de pasar en el coche. Y, sobre todo, porque David parecía recién salido de una reunión de negocios, como si unos minutos antes no hubieran estado haciendo barbaridades prácticamente en público.

Una criada la acompañó a su habitación, por supuesto magníficamente amueblada, y con una cama con dosel.

Cuando la criada desapareció, David llamó a la puerta que conectaba sus habitaciones. Qué conveniente.

–¿Todo bien?

–Espero que esa sea una pregunta retórica. Esto es genial... ¡qué paisaje! ¿Ese es el bosque que solías explorar de pequeño?

–Ese mismo. Mi padre piensa que si hubiéramos vivido en el piso treinta de un edificio de apartamentos estaría trabajando para él y no «haciendo hoyos», como él dice.

Samantha soltó una carcajada.

–¿Tu hermano no exploraba el bosque contigo?

–No, él prefería jugar al ajedrez con mi abuelo

–contestó David, abrazándola–. Pásalo bien esta noche, cariño. No te angusties. Solo tienes que ser tú misma.

–Muy bien. Lo intentaré.

Sam tomaba nota de las conversaciones que oía a su alrededor. Nada que ver con lo que oía en la universidad o en la tienda de su abuelo, desde luego.

–Los Hamilton han vendido su casa de Saint Tropez. Por lo visto han comprado una isla en las Seychelles.

–... los precios en Egipto están imposibles.

–... en Damasco lo pasamos estupendamente.

Incluso había gente que hablaba en francés o en italiano. Era una fiesta de cumpleaños que podría haber aparecido en el programa «Ricos y famosos».

David, que charlaba con un señor calvo, estaba guapísimo con su esmoquin. Evidentemente, pertenecían a dos mundos diferentes y eso no cambiaría nunca, pensó entonces.

–¿Qué tal? –oyó una voz tras ella.

Era Melissa, la esposa de uno de los primos de David.

–Bien, gracias. Nunca había estado en una fiesta de cumpleaños como esta.

–Te entiendo. Aquí no ponen globos ni hay niños corriendo por todas partes. Y tampoco hay tarta, creo que hoy toca caviar... sin velas –rio la joven.

Se hicieron amigas enseguida. Por lo visto, tampoco Melissa pertenecía a una familia adinerada y también a ella le costó acostumbrarse al estilo de vida de los McMillan. Cuando la llevó a la biblioteca para enseñarle la foto de sus hijas, Samantha vio una fotografía de David con una chica rubia muy guapa. Estaban besándose.

Ver a David con otra mujer hizo que se le encogiera el corazón. Aunque era absurdo. Ella ya sabía que estuvo casado.

—¡Ah, por fin te encuentro! —exclamó Tara, abrazándola.

—Qué susto. Creí que no ibas a venir —sonrió Sam—. Acabo de ver una fotografía de David con su mujer.

—Ah, ya. Era una chica encantadora. Y su muerte fue tan absurda...

—No sabía que hubiera muerto.

—Estaba embarazada de cinco meses cuando murió. Y tampoco pudieron salvar al niño.

—Qué horror. No sabía nada —murmuró Samantha.

—David se quedó destrozado. Vendió la casa y empezó a viajar de un lado a otro sin parar...

—¡Tara, Melissa! —las llamó una mujer muy enjoyada—. Venid, estamos brindando y David va a hacer un pequeño discurso.

Sam no dejaba de pensar en lo que Tara le había contado. ¿Por qué no se lo contó David? Quizá no tenía suficiente confianza con ella... pero era lógico. La suya solo era una relación temporal. Nada más. Y lo había sabido desde el principio.

De modo que disfrutaría de la fiesta, disfrutaría de David y después, cuando tuviera que hacerlo, le diría adiós.

Durmieron juntos esa noche y Samantha soñó que salía corriendo de la casa, descalza... y luego volvía a encontrarse en la carretera, con el coche parado, con Kevin llorando. La vieja pesadilla la hizo despertarse sobresaltada.

—¿Qué ocurre? —preguntó David.

—Nada, nada. Solo ha sido un sueño.

—Voy a buscar un vaso de agua. ¿O prefieres un coñac?

—Agua, por favor.

—¿Qué has soñado, cariño? —le preguntó unos segundos después.

—Es una pesadilla que tengo a menudo. Me veo sola, con Kevin, tirada en la carretera. No llevo zapatos y no tengo a nadie en el mundo —intentó reír Sam—. Es patético, pero parece muy real.

—¿Sueñas eso a menudo?

—De vez en cuando —se encogió ella de hombros—. Bueno, vamos a dormir.

David la apretó contra su pecho.

—Yo tengo una idea mejor.

El lunes, Sam estaba de nuevo en la tienda y todo había vuelto a la normalidad... incluyendo el abuelo y sus puros.

—Abuelo, no fumes, por favor.

—Tranquila, cariño. No tengo intención de morirme todavía.

—Pero si te pasara algo, no me quedaría nadie.

—Tienes a Joni y a Mitch. Y a tus amigos... y a David. Él te cuidará.

—¿David?

—Claro. Ha venido esta mañana mientras estabas en el banco y hemos charlado un rato —contestó su abuelo.

–¿De qué habéis hablado?

–Le dije que eras muy especial y que si te hacía sufrir lo estrangularía con mis propias manos.

–Ya veo –murmuró Sam, tragando saliva.

–Y me ha prometido cuidar de ti.

Samantha levantó los ojos al cielo. Pero no podía enfadarse con su abuelo porque sabía que lo había hecho con buena intención.

Aquella noche, cuando estaban en la cama, le preguntó a David qué le había dicho el viejo cascarrabias.

–Está preocupado por ti. Quiere que te cases y tengas más hijos.

–Oh, no. Y supongo que te habrá ofrecido el puesto de marido a ti.

–Me dijo que te cuidase o tendría que vérmelas con él –sonrió David.

–Pobrecillo. Cree que casándome se resolverá todo –suspiró Sam.

–Es de la vieja escuela.

–Le diré que te vas a México y que se meta en sus cosas.

–Me encanta cuando te pones dura. Pero podrías venir conmigo a México y ser mi «mantenida» –rio David.

–Sí, claro. Buenas noches, listillo.

Capítulo 11

MAMÁ, David es genial! ¡Es la bomba!
Samantha soltó una carcajada.
—Me alegro de que lo hayas pasado bien.
Kevin había vuelto de Florida dos días antes y David lo había llevado con él a la cabaña.
—Es como papá.
«Espero que no», pensó ella. Cuando miró la carita inocente de su hijo se le encogió el corazón. Kevin nunca conoció a su padre y lo tenía en un altar. ¿Para qué iba a contarle que Jason los abandonó? El niño necesitaba una figura paterna y era absurdo hacer que se enfrentase con la realidad de la vida siendo tan pequeño.
—¿Por qué es como papá?
—Porque trabaja en la construcción, como papá. Pero dice que todavía sigue aprendiendo y yo le he dicho que mi papá hizo muchas casas.
Bendita inocencia.
—¿Y qué ha dicho él?
—Que era importante ser bueno en tu trabajo. Que había que ser responsable —contestó Kevin—. Yo quiero ser responsable de mayor, como papá y el señor McMillan. Y el señor McMillan me ha dicho que mañana va a comprarme unas botas y un casco.
—¿Quiere que sigas ayudándolo? —preguntó Sam.

–¡Sí! Dice que soy bueno trabajando con las manos. Y el tío Mitch dice lo mismo –sonrió Kevin, orgulloso.

–Pues entonces será verdad. Pero yo siempre he sabido que eras un genio. Lo supe desde que naciste.

–¡Mamá, qué tonta eres! –rio el niño.

En septiembre, las noches eran más frescas, pero por el día seguía haciendo calor. Samantha oyó a David hablando por teléfono sobre el proyecto de México y se le encogió el corazón. Pronto estaría en otro país, hablando otro idioma, con gente desconocida. ¿Pensaría en ella alguna vez? ¿La recordaría con cariño?

Sam hizo una mueca. No debía seguir por ese camino. Había sabido desde el principio que la suya era solo una relación temporal. Nadie había engañado a nadie. Pero las emociones no tienen sentido común y cada día le costaba más digerir la idea de que iba a perderlo.

Lo amaba, esa era la verdad. Pero no podía decírselo.

–Cariño, es la hora.

–¿De qué, abuelo?

–De cerrar la tienda –contestó él.

–¿Qué quieres decir?

–He intentado mantener esto abierto hasta que terminases tus estudios, pero ya no podemos seguir.

–¿Qué has pensado, abuelo? –preguntó Sam, asustada.

–Voy a regalarte mi casa y me mudo a Florida, con Joni. Puedo ayudarlos en el campamento, ¿no crees? Además, estar rodeado de críos me rejuvenecerá. Hacerse viejo es un aburrimiento. Y esta tienda es un aburrimiento.

Samantha estaba sin respiración.

–¿Joni sabe eso?

–Claro, ella me invitó.

–¿Por qué quieres regalarme la casa, abuelo?

Era una casa vieja, con un jardín sin hierba y demasiados árboles que la mantenían en perpetua sombra.

–Para que la vendas si quieres.

–Pero tú has vivido en esa casa durante toda tu vida... ¿quieres que la venda?

–Puedes hacer con ella lo que quieras –suspiró su abuelo.

–¿Y Joni? ¿No debería darle la mitad del dinero?

–¿Por qué? Joni no tiene ningún problema económico, cariño. A ti te vendrá bien el dinero.

–¿Y la tienda?

–La cerraré.

–Pero abuelo...

–Es hora de cerrar y tú lo sabes. Además, la he vendido.

–¿En serio?

–Claro. Ahora este local vale un dinero y podré retirarme a lo grande –sonrió su abuelo.

–¿Y por qué no me lo habías contado?

–No quería hacerlo hasta que tuviese firmado el contrato.

A Samantha le daba vueltas la cabeza. Tenía una casa. Podía venderla o arreglarla... no, arreglarla sería demasiado complicado. Mejor venderla. Con ese dinero podría dar la entrada para un apartamento propio, incluso un dúplex a las afueras de la ciudad.

Estaba loca de alegría y llamó a su hermana y a Gina para darles la noticia. Después, cuando llegó a casa, David estaba haciendo la cena con su pequeño «ayudante». La escena era tan familiar que se le hizo un nudo en la garganta. Cómo lo echaría de menos.

–¡Hola, chicos! ¡Qué bien huele!

–Estamos haciendo serpiente con bichos –dijo Kevin.

–¿Qué?

–Es una broma, tonta. Es pollo con champiñones.

–Ah, qué susto me habías dado.

–Pero es mi receta especial –rio David.

–El señor McMillan me ha enseñado a cortar los champiñones.

El niño también empezaba a acostumbrarse a él. Siempre parecían tener cosas de qué hablar y se entendían como si se conocieran de toda la vida.

–¿Qué te pasa, Sam? –le preguntó David cuando Kevin estaba en la cama.

–¿A mí? Nada. Estoy muy contenta. Mi abuelo ha vendido la tienda y me ha regalado su casa.

–¿En serio?

–Sí. Supongo que la venderé para comprar un apartamento.

–Me alegro por ti –dijo David.

–Me quedaré sin trabajo, pero ese dinero al menos será un respiro. Tú no sabes lo que es vivir siempre preocupada de llegar a fin de mes.

Él la miró, pensativo.

–En la vida hay muchas cosas además del dinero y no todo ha sido fácil para mí. No estoy diciendo que poder despreocuparse de las facturas no sea cómodo, solo que el dinero no puede comprar la felicidad.

No, era cierto. El dinero no había podido evitar la muerte de su esposa. No todo había sido fácil para David.

–Lo siento. No debería haber dicho eso.

–No pasa nada –sonrió él, tomando su mano–. ¿Puedo ayudarte en algo?

–No, gracias.

Podía hacer muchas cosas, pero no podía darle lo que Samantha más deseaba.

Tenía un montón de informes que revisar, pero no podía concentrarse. Solo pensaba en Sam. David se sirvió un whisky y luego otro.

No quería marcharse de allí, no quería irse sin saber que ella estaba bien. Pero Samantha no quería su ayuda. ¿Y si le decía que la quería? ¿Y si le pedía que se casara con él?

¿Qué tonterías estaba pensando? Él no quería casarse. Quería ayudarla, simplemente. Quería llevarla a México, evitar que volviese a tener aquella pesadilla.

México. Allí estaría solo otra vez.

Capítulo 12

CREO QUE deberías ir a visitarme a México –dijo David, para ver cómo reaccionaba.
–Eso no estaría mal –murmuró Samantha, enterrando la cara en la almohada.

Cuanto más lo pensaba, más le gustaba la idea. Quería que Sam saliera de la tienda, que disfrutase un poco de la vida. Sabía que tenía muchos sueños rotos, muchas frustraciones. Y quería hacer algo, quería compartir algo con ella.

–Iremos a la playa, comeremos guacamole... ya verás, te gustará.

–Nunca he estado tan lejos de casa. Menuda aventura.

–Puedo enseñarte las ruinas mayas.

–Genial. Mis amigas se morirán de envidia –sonrió Sam, que estaba tomándoselo a broma.

–Samantha, lo que de verdad quiero es que vengas conmigo –dijo David entonces.

–No.

–¿Por qué?

–Tengo que terminar la carrera y mi hijo debe ir al colegio.

–Hay colegios en México. Y tú podrías terminar la carrera cuando volviésemos a Washington...

–No, David. No puedo hacer las maletas y dejarlo todo –lo interrumpió Sam.

–A veces hay que ser aventurero, arriesgarse un poco, ¿no crees?

–Eso es fácil de decir. Pero no voy a dejar mi carrera. Además, tengo que ayudar a mi abuelo con el papeleo de la tienda, con la mudanza... Y tengo que encontrar trabajo.

–Si vienes conmigo, no tendrías que encontrar trabajo –insistió David.

–Ya te dije...

–Lo sé, lo sé, que no quieres ser una mantenida.

–Cariño, no puedes solucionar todos mis problemas con dinero. Para su información, señor McMillan, no lo tengo y como no lo tengo, no puedo gastarlo.

–Cielo, el mundo funciona gracias a la gente que gasta el dinero que no tiene. Se llama crédito.

–¿Quieres que pida un crédito y me endeude hasta el cuello? No, gracias.

–O sea, que no pedirás un crédito para irte conmigo a México y tampoco dejarás tu carrera.

–Eso es –contestó Samantha, levantándose de la cama.

–¿Estás enfadada?

–¿Enfadada? ¿Por qué iba a estarlo?

Claro que estaba enfadada, pero no iba a demostrárselo. Una vez dejó sus estudios por un hombre en el que confiaba. Un hombre que después la abandonó. Jamás volvería a repetir ese error.

Ella tenía una vida llena de responsabilidades,

pero David esperaba que lo dejase todo para seguirlo al fin del mundo, como si fuera una cría.

México. Palmeras, playas, música, alegría.

Dos años no era tanto tiempo. ¿No sería bueno para Kevin vivir en otra cultura?, se preguntó.

—Por favor, por favor —murmuró para sí misma—. ¿Qué tonterías estás pensando? No había garantías, ni seguridad. Irse a México con un hombre al que había conocido tres meses antes sería lo más absurdo del mundo. No podía hacerlo, sencillamente.

Ojalá Kevin estuviera allí para animarla. Pero su hijo estaba pasando el fin de semana en casa de un compañero de colegio.

—Voy a correr un rato —anunció David, que acababa de entrar en la cocina.

—Muy bien.

El cielo estaba lleno de nubes y media hora más tarde empezaron a caer las primeras gotas. David volvió cubierto de sudor y tan guapo como siempre con la camiseta y el pantalón corto.

—Hace un día de perros. ¿Quieres un café?

—Sí, gracias.

Media hora más tarde se desató una fuerte tormenta con rayos y truenos que hacían retumbar la casa. Samantha intentaba estudiar, pero no podía dejar de pensar en México, en aquel absurdo y loco plan de irse a México.

—Sam, acaban de anunciar en la radio que se acerca un tornado —oyó la voz de David en el pasillo.

—¿Un tornado?

—Tenemos que meternos en la despensa.

—¿Qué estás diciendo?

–En serio, ven conmigo.

Un minuto después estaban metidos en la despensa, David con una linterna en la mano.

–No me lo puedo creer –rio Samantha–. Metidos en un armario.

–No te lo tomes a broma. Un tornado es una cosa muy seria. Cuando yo era pequeño hubo un huracán en la isla y no te puedes imaginar lo mal que lo pasamos. La mitad de las casas quedaron destrozadas y hubo varios muertos.

Samantha sintió un escalofrío.

–¿Tienes aquí el móvil? Quiero llamar a Gina.

–¿Para qué?

–Voy a pedirle que nos llame dentro de una hora... para ver si seguimos vivos.

–¿Tienes miedo? –preguntó David cuando le devolvió el móvil.

–Estoy aterrorizada, pero no importa –sonrió Sam–. ¿Tú has tenido miedo alguna vez?

–Sí –contestó él–. Cuando murió mi mujer.

–¿Cómo ocurrió? No, déjalo. Si no quieres contármelo...

–Quiero contártelo –suspiró David–. Estaba embarazada de cinco meses, pero era una chica muy atlética. Fuimos de excursión a la montaña y... todavía puedo verla a la luz del atardecer, sujetándose el sombrero... y dos minutos después estaba muerta.

–Qué horror –murmuró Sam.

–Tropezó y cayó por una pendiente. Se rompió el cuello. Aún puedo ver su cara de sorpresa...

–David, por favor.

–Cuando supe que estaba muerta sentí pánico. Nunca olvidaré el terror de ese momento.

Samantha lo abrazó y se quedaron en silencio durante mucho tiempo, intentando buscar consuelo el uno en el otro.

—Tara me contó que después de eso empezaste a viajar de un sitio a otro —dijo ella por fin.

—Tenía pesadillas cada noche, así que decidí cortar con todo. Vendí mi casa y empecé a trabajar como un loco. Tanto que, al final, tuvieron que llevarme a un hospital... o algo parecido a un hospital en el mar de China.

—¿Y qué pasó después?

—Que empecé a recuperarme —suspiró David—. Tardé algún tiempo, no te creas. Pero las pesadillas desaparecieron poco a poco y pude volver a hacer una vida normal.

Se quedaron en silencio después de eso, escuchando la tormenta.

—¿Lo oyes?

—¿Qué?

—El tornado ha pasado por encima de nosotros. Creo que se aleja.

La radio confirmó esa noticia. El tornado se dirigía hacia el oeste, dejando una estela de destrucción. Afortunadamente, no hubo heridos de gravedad.

Esa noche, en la cama, hicieron el amor casi con desesperación. Después, mientras estaban abrazados, Samantha no podía dejar de pensar en su mujer. David la había amado profundamente. ¿Sería capaz de amar así de nuevo?, se preguntó.

Él estaba dormido, pero abrió los ojos cuando Sam se dio la vuelta.

—¿Sammy?

—Duérmete, cariño.

Estaba dormido, pero había dicho Sammy, no Celia. Había dicho su nombre. Emocionada, empezó a replantearse el asunto de México.

Quizá merecía la pena arriesgarlo todo por amor... ¿o no?

Llovió durante toda la noche y, cuando salieron al jardín, descubrieron que algunos de los árboles habían sido arrancados por la fuerza del temporal.

–Voy a echar un vistazo a la cabaña –dijo David.

Samantha estaba pelando manzanas para hacer una tarta cuando volvió, muy serio.

–La cabaña está destrozada.

–¿Qué?

–No queda nada.

–David. Oh, David...

–No llores, cariño. Solo era una casa.

–No era solo una casa, era... –Samantha no podía dejar de llorar–. David, quiero irme a México contigo.

–Pero cariño...

–Puedo terminar la carrera por Internet. O esperar dos años. No me importa, lo único que me importa eres tú.

–Sam, cálmate.

–No quiero perderte. Te necesito. Kevin te necesita. Tenemos que ir contigo...

–Cielo, tenemos que hablar –la interrumpió él.

Samantha apretó los labios. Su peor pesadilla se estaba haciendo realidad. Se había enamorado y tenía que pagar el precio.

Capítulo 13

SAM, he tomado una decisión. No me voy a México.

—¿Qué?

—Que me quedo aquí –dijo David.

—No lo entiendo. Pero entonces, el proyecto...

—Yo no soy indispensable. Hay ingenieros en todas partes.

—Pero, ¿qué vas a hacer?

—Buscaré trabajo aquí. Incluso podría abrir mi propia empresa.

—¿Vas a construir la cabaña otra vez? –preguntó Samantha, intentando no hacerse ilusiones.

David se quedaba, no iba a marcharse. ¿Significaba eso que quería estar con ella?

—No creo que tenga tiempo. Necesito buscar una casa en la ciudad.

—Pero esa cabaña era importante para ti.

—En realidad, era más bien un símbolo –suspiró David–. Era un hogar, un sitio permanente. Pero tu hogar está donde está la gente que quieres. Y si estoy contigo y con Kevin, ese es mi hogar, Samantha. Sea donde sea.

—¿Vas a rechazar un trabajo en México por mí? –preguntó ella, con el corazón en la garganta.

–Por nosotros. Quiero estar contigo. Dices que no quieres casarte, pero yo voy a pedírtelo de todas formas. Te quiero, Sam. Quiero casarme contigo y tener hijos...

–¡David! ¿Me quieres, de verdad me quieres?

–Te quiero con toda mi alma.

–Yo pensé que solo querías una aventura –murmuró Samantha.

–Estaba engañándome a mí mismo –sonrió David–. Te quiero para siempre, cariño.

Sam le echó los brazos al cuello, emocionada. No podía creer lo que estaba pasando.

–Estás llorando, amor mío. ¿Eso es un sí? ¿Quieres casarte conmigo?

–Claro que quiero. Ahora mismo, si me lo pides –consiguió decir ella... antes de romper a llorar de nuevo–. Pero de todas formas pienso terminar la carrera. Si pasara algo, siempre tendría mi título...

–Si yo muriese en un accidente, te convertirías en una viuda rica.

–¡No digas eso! ¡Yo no quiero casarme contigo por tu dinero!

David soltó una carcajada.

–Lo sé, tonta. Pero lo que es mío es tuyo. Para siempre. Mientras lo tuyo también sea mío, claro.

–Pero si yo no tengo nada.

–Tienes algo que es mucho mejor que el dinero. Tienes un hijo, Sam.

–¿Qué quieres decir?

–Quiero adoptarlo, si te parece bien –contestó él.

Samantha se puso a llorar de nuevo.

—Ay, cariño... dime que eres de verdad. Dime que no lo estoy imaginando.

De repente, se acordó de aquella imagen de David desnudo en la piscina.

—Soy real, amor mío. Te aseguro que lo soy.

Epílogo

SAMANTHA nunca terminó la carrera de dirección de empresas, pero sí terminó magisterio. David y ella tuvieron dos hijos más, un niño y una niña.

Pasaron dos años en Venezuela; David construyendo un puente y Sam dando clases en un colegio internacional.

Kevin ha crecido mucho y juega al baloncesto en el instituto. Dentro de un año empezará a estudiar ingeniería de caminos en la universidad. David y él construyeron una cabaña para los pequeños, cuyo juego favorito es creerse exploradores de la jungla, mientras Samantha hace galletas... con forma de animales salvajes. No hornea pan porque hay una panadería estupenda en Woodmont.

Pero es un genio en la cocina y una amante de cine.

Con David resulta fácil.

Deseo®

DOS MUNDOS Y UN AMOR

Cathleen Galitz

Annie Wainright tenía la esperanza de recuperar la paz de espír
trabajando como profesora en una reserva de nativos american
Pero eso fue antes de encontrarse con el hombre más persuas
que había conocido en toda su vida. Un hombre que había deja
más que claro que allí no era bien recibida.

John Lonebear, un ex marine que había regresado para hacer de
hogar un lugar mejor, era tan duro e implacable como la tierra
tanto amaba. Pero ni siquiera él podía negar la pasión irresist
que lo atraía hacia la inoportuna desconocida...

Annie deseaba creer que el amor podría unir sus dos mundos, p
¿qué ocurriría cuando él se enterara de la nueva vida que había
ado dicho amor?

Procedían de dos mundos muy diferentes...

BIANCA®

Estaba bajo las órdenes de un millonario

Cuando regresó a Inglaterra después de trece años en el extranjero, los planes de Lauren eran cuidar de su hija, o buscar marido. Pero en cuanto llegó a la mansión de Brad Laxton, él dejó muy claro que se sentía atraído por ella.

Como si convertirse en niñera de la pequeña a la que había tenido que dar en adopción no fuera ya lo bastante difícil, ahora también tenía que resistirse a los encantos del padre adoptivo de la niña. Pero no podía dejarse llevar por lo que sentía por Brad, había demasiado en juego. El problema era que aquel tipo había ser muy persuasivo y a veces no aceptaba un "no" por respuesta...

SECRETOS DEL ALMA

Kay Thorpe

Deseo®

UNA NOVIA PARA SU MAJESTAD

Leanne Banks

Toda la familia del príncipe Nicholas estaba empeñada en casar
con una princesa o una heredera, pero él había elegido una tímida
poco elegante estadounidense hija de un millonario y que adem
sentía más interés por los ordenadores que por los hombres. Pe
todo eso era lo que hacía de ella la novia perfecta.

Un falso compromiso con ese «patito feo» le permitiría dedicars
su gran amor, la medicina, sin que jamás hubiera peligro de que l
gara a nada más. Pero Tara York se estaba convirtiendo en un verd
dero cisne delante de sus propios ojos. Y de pronto se moría de
nas de convertir a aquella inteligente y sensual mujer en
princesa.

**El compromiso era la mejor manera de evitar e
matrimonio**